시간의 향기

시간의 향기
정태규 평론집

초판 1쇄 발행 2014년 10월 20일

지은이 정태규
펴낸이 강수걸
편집장 권경옥
편집 양아름 손수경 윤은미
펴낸곳 산지니
등록 2005년 2월 7일 제14-49호
주소 부산광역시 연제구 거제1동 1498-2 위너스빌딩 203호
전화 051-504-7070 | 팩스 051-507-7543
홈페이지 www.sanzinibook.com
전자우편 sanzini@sanzinibook.com
블로그 http://sanzinibook.tistory.com

ISBN 978-89-6545-268-3 03810

*책값은 뒤표지에 있습니다.
*이 도서의 국립중앙도서관 출판시도서목록(CIP)은 e-CIP 홈페이지
(http://www.nl.go.kr/ecip)에서 이용하실 수 있습니다.
(CIP 제어번호: CIP 2014028152)

시간의 향기

정태규 평론집

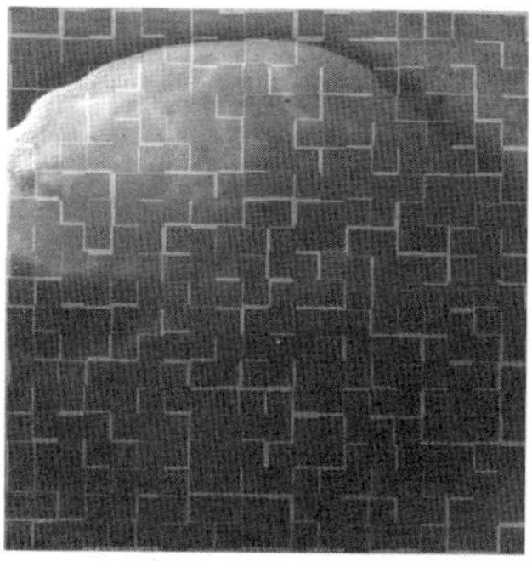

산지니

책을 펴내며

오랫동안 본업인 소설 쓰기를 멀리하고 소설 이론 공부와 분석 연구에 몰두한 적이 있었다. 그 결과는 참담했다. 이것도 저것도 아닌 반거들충이가 되고 말았다.

소설의 분석과 연구는 소설에서 감동을 제거하고 요소별로 해체하는 작업에 지나지 않았다. 그러나 이제 병든 몸으로 돌아보면 후회스럽지만은 않다. 그 작업도 내 삶의 일부분이었으며 내 열정의 표현이었기 때문이다.

보잘것없는 연구 논문과 평문들을 모아서 책으로 묶었다. 다시 돌아오지 않을 젊은 날을 추억하며 이생의 흔적을 남긴다. 어려운 상황에도 책을 기획 출간해 주신 산지니 출판사 강수걸 사장님께 감사를 드린다.

2014년 가을

정태규

차례

1부

구심적 상상력과 원심적 상상력

경주(慶州)와 문학

구심적 상상력과 원심적 상상력

– 이효석과 김유정 소설의 공간인식 연구

1. 서론

시간과 공간은 소설의 서사적 구조를 이루는 두 개의 중요한 축이다. 소설에서 이 두 개의 축은 서로 상보적인 관계를 형성하고 있다. 즉 시간은 공간에 의해서 형상화되며 공간은 시간에 의해 질서화된다.

추상적인 시간은 반드시 공간이란 형태를 빌려야만 구체화될 수 있고, 단속적인 공간은 시간에 의해서 의미있는 질서를 획득할 수가 있다. 그러므로 시간과 공간이라는 이 두 개의 축은 동일한 중요도로 소설의 의미망을 구축하고 있다고 볼 수 있다.

그러나 지금까지의 소설연구는 공간보다는 시간의 연구에 치중되어왔다. 이것은 사건, 행위 등의 시간 질서의 계기성에 따르는 선조성(線條性)을 중시해왔기 때문이다. 또한, 이것은 공간을 플롯에 종속되는 하위요소로서 지리적, 물리적 장소 정도로만 취급하거나, 작가의 주된 관심이 플롯과 등장인물에 있다고 파악하는 데 너무도 익숙해져 있는 결과이다.

그러나 현대에 접근할수록 공간이 인물이나 플롯, 기타 다른 서사적인 요소들보다 부수적이고 덜 중요하다는 기존의 관점은 재고되고 있다. 작가가 의식적으로 설정했거나 무의식적으로 설정했거나 간에, 공간은 소설 속에서 부차적인 요소이기는커녕 여러 가지 형태로 표현되고 다양한 의미를 지니는 것이며 심지어는 작품의 존재이유가 되기도 한다.[1] 그리하여 공간은 소설 속에서 작가로서건 인물로서건 인간이 그를 에워싼 세계와 맺게 되는 기본적인 관계를 표현하며[2] 극단적으로는 작가가 드러내고자 하는 대우주와의 관계로부터 파악가능하게 요약된 소우주란 기능을 수행하기도 한다.[3]

따라서 공간에 대한 태도는 세계 인식의 태도일 수 있으며, 공간의 설정양상이나 변이양상에서 작가의식의 궤적을 엿볼 수 있다고 할 수 있다.[4] 이것은 공간이 플롯을 위한 단순한 물리적 장소로서의 기능 외에 작중화자나 등장인물 나아가서는 작가의 지향적인 의식과 작품의 주제를 드러내는 데 중요한 요소로 기능하고 있음을 말해준다. 그러므로 이것은 또한 역으로 공간의 연구를 통해서 작가의식이나 작품의 특

1) 김화영 편역, 『소설이란 무엇인가』, 문학사상사, 1986, p.148.
2) 김화영, 같은 책, p.183.
3) Lynn Altebemd and Lesile L, Lewis, *A Handbook for the Stu-dy of Fiction*, New York, Macmillan Publishing Co. INC., 1966, p.71.
4) 김중하, 『현대소설의 공간성 연구』, 우해 이병선 박사 회갑기념논총, 1987, p.598.

성을 규명할 수 있다는 가능성을 제시해준다고 볼 수 있다.

본 연구의 목적은 이러한 관점을 바탕으로 하여 특히 1930년대의 중요한 소설적 성취를 이룬 두 작가 이효석과 김유정의 소설에 나타난 공간적 배경과 공간 인식의 태도 그리고 공간 지향의 특성을 통해 두 작가의 작가의식과 작품의 특성을 재조명하고 비교해보는 데 있다. 또한, 여기서 나아가서 1930년대라는 특수한 시대적 상황에서 그들이 보여준 문학적 현실대응을 어떠한 것인가 하는 것을 역시 공간 인식의 문제에 한정하여 규명해보고자 하는 것도 그 목적에 포함될 것이다. 두 작가에 논의를 한정시킨 이유는 동시대를 살다 간 그들의 소설이 각기 독특하고 일관된 인식적 공간을 가지고 있으며, 그들의 소설에 나타난 공간의 성격과 그 지향이 서로 대조적이라는 추론 때문이다.

이효석은 자연적 공간, 고향 공간, 과거적 공간을 자아동일적 공간으로 설정하고 그 속으로 회귀하고자 하는 구심적 공간 지향을 보이고 있는 반면에, 김유정은 미지의 공간, 상상적 공간, 미래적 공간을 자아동일적 공간으로 설정하고 끊임없이 현재적 삶의 공간으로부터 떠나고자 하는 원심적 공간 지향을 보여주고 있다. 또한, 두 작가의 공간 인식의 태도를 문학적 현실대응의 측면에서 살펴보면, 이효석은 그가 설정한 공간이 관념적이고 내면화된 공간이라는 점에서 도피적이라 할 수 있고, 김유정은 작가 혹은 함축적 작가와 등장인물 사이의 공간 인식의 태도가 아이러니를 이룬다는 점에서 소극적 저항을 보여준다고 할 수 있다.

두 작가에 대한 논의는 일일이 열거할 수 없을 만큼 많고 다양하다.

그 연구의 성과 또한 거의 완벽에 가까운 것으로 보인다. 그러나 기왕의 논의에 있어서 공간의 연구라는 방법으로 접근을 시도한 예[5]는 극히 최근의 것이고 그 수도 많지 않다. 더욱이 최근의 논의들도 본격적인 작가론 쪽의 논의라기보다는 단편적인 작품론에 그치고 있는 인상이다. 그래서 본 연구의 의의를 첫째, 공간의 연구를 통한 작가와 작품의 재조명이라는 측면과 둘째, 본격적인 작가론의 시도라는 측면, 이 두 가지에 두고 있다.

그리고 본고에서는 아래의 개념들에 의하여 두 작가의 소설작품 속의 공간적 요소들과 그 관계를 분석하고 종합한 후, 두 작가의 공간 인식의 특징과 차이점을 밝히고자 한다.

1) 공간의 개념

소설에서의 공간에 대한 논의가 시작된 것은 그리 오래지 않다. 그것은 공간이 소설에서 핵심적인 요소가 아니라 부수적인 구성소라는 선입감이 지배적이었기 때문으로 보인다. 공간의 중요성이 비로소 올바르게 인식되기 시작한 것은 20세기 초반에 와서야 가능해진다. 우리 문학계에 있어서도 몇몇 경우를 제외하고는 대체적으로 70년대 중반 이후부터 소설의 공간이 논의되기 시작한 것으로 보인다. 이처럼 그 논의의 시간이 길지 않음에도 불구하고 기존의 논의들이 매우 다양하

5) 유인순, 『김유정의 소설공간』, 이화여대 박사학위논문, 1984; 김중하, 『소설의 공간성 시론』, 태야 최동원선생 회갑기념논총, 1983; 김중하, 『현대소설의 공간성 연구』, 우해 이병성 박사 회갑기념논총, 1987; 김용희, 『현대소설에 나타난 길의 상징성』, 이화여대 박사학위논문, 정음사, 1966.

고 독특한 관점들을 확보해온 것은 사실이다. 그러나 그 논의의 기간이 짧았던 만큼 공간에 대한 기본 개념 정립이 제대로 이루어지지 않은 채, 다양한 대상을 지칭하는 데 있어 공간이란 용어가 사용되는 개념상의 혼란을 초래하고 있다. 즉, 각 논의마다 공간이 가지는 의미 영역이 다르게 나타나며, 동일 논의 선상에서도 서로 다른 대상을 공히 공간이라는 동일 용어로 묶어버리는 혼란이 있어왔던 것이다. 그중에서도 공간과 공간성에 대한 개념상의 혼란이 가장 대표적인 것으로 보인다. 이제 본고에서 사용하게 될 공간의 개념을 명확히 하기 위하여 공간(space)과 공간성(spatiality)의 차이를 엄격히 구별해보고자 한다.

> 어떤 특정한 방 속에서 전개되는 (…) 어떤 상황이 장편소설에 표시되는 것을 예로 들자. 이때에 이 방의 벽들에 의해서 한계 지워진 공간의 절편 바깥에 공간도 없으며[6]

> 그것은 공간에 포함되는 모든 요소들에 대한 태도, 쉽게는 자연묘사나 지리적 배경 설정에서[7]

> 극적소설에서는 일반적으로 공간(즉 장소)의 구획이 애매하고[8]

---

6) 로만 인가르덴, 이동승 역, 『문학예술작품』, 민음사, 1985, p.255.
7) 김중하, 앞의 책, p.598.
8) 에드윈 뮤어, 안용철 역, 『소설의 구조』, 정음사, 1985, p.73.

이상의 논의에서 공간은 방이나 자연 등의 지리적, 장소적 배경을 뜻하고 있음을 확인할 수가 있다.

이처럼 소설에서의 공간은 적어도 일차적으로는 작품 속에서 언급된 장소적 배경과 같은 의미가 되는 것이다. 그러므로 공간의 개념을 소설 연구 방법으로 사용하고 있는 다양한 방법론들은 결국 모두 작품 내의 장소적 배경을 그 논의의 동기 요인으로 삼고 있다. 물론 다양한 방법론에 의한 해석에 의해서 장소적 배경의 문학적인 의미가 여러 가지로 다르게 나타날 수는 있지만 작품에 표상된 장소적 배경을 대상으로 하지 않는 공간론(공간성론이 아니라)은 불가능하다고 본다.

이와 같이 공간이 작품 내에서 지시적이고 현상적으로 드러나는 것이라면 공간성은 그와는 달리 내포적이며 구체적인 실존적 현실태라기보다는 일종의 경향 혹은 성향이다. 공간은 거의 모든 작품에 필수적이라면 공간성은 선택적이다. 즉 공간은 있으나 공간성이 없는 작품이 존재할 수 있다는 것이다. 소설에 있어서의 공간성은 국내의 논의를 망라하여 대략 다음 다섯 가지 측면으로 정리해볼 수 있다. 본고는 공간성론을 다루는 것이 아니기 때문에 대략적으로 소개하면서 공간성의 본질을 보이는 것에 그치도록 하겠다.

첫째, 프랭크(J. Frank)가 「현대문학에서 공간적 형식」에서 보인 바, 정서의 공간화 개념과 병치 혹은 병렬 등에 의해 형성되는 공간성. 둘째, 의식의 흐름 수법의 소설에서 나타나는 회상적 지시 등에 의해서 형성되는 공간성. 이것은 주로 창작기법이 형성하는 공간성으로서 김중하 교수가 「이상의 소설과 공간성」[9]에서 해석한 케스트너(Joseph A. Kestner)의 기하학적 공간성과 잠재적 공간성[10]이 여기에 해당될 것이다. 셋째, 독자 수용적인 측면의 공간성. 이것은 독서의 결과 독자의 마음에 남아 있는 작품의 응축된 총체 형태의 공간성을 말한다. 케스트너의 생성동일적 공간성이 여기에 해당될 것이다. 넷째, 소설 내용의 대립적 파악이 주는 공간성. 이것은 죽음의 삶, 진보와 보수, 밝음과 어둠 따위의 내용적 대립항이 창출하는 공간성이다.[11] 다섯째, 시점이나 거리에 의해서 드러난 구조상의 공간성. 이것은 낭만적 반어[12]와 다성적 시점[13]의 구성에서 오는 공간성이다.

이상에서 살펴보았듯이 공간성은 주로 페이블(Fable)을 텍스트(Text)화하는 창작기법상의 입체적, 공간적인 의식형태를 의미하거나 그것을 수용하는 독자 수용적인 측면을 의미하는 것이다. 그러므로 본고에서는 공간의 개념을 공간성과 구분하여 공간론의 기저요소로서의 장소적 배경으로 한정할 것이다. 그러나 이것은 반드시 장소(Place)와 일치하는 개념이 아니다. 장소는 일정한 넓이, 높이 혹은 깊이를 가진 물리적 공간의 테두리뿐만 아니라 그 속에 존재하는 디테일(detail)이나 그

---

9) 김중하, 『한국현대소설사 연구』, 민음사. 1984.

10) Joseph A. Kestner, *The Spatiality of the Novel*, Wayne state Univ. Press, 1978에서 저자는 공간성을 기하학적 공간성, 잠재적 공간성, 생성동일적 공간성으로 나누고 있다. 김병욱 교수는 『한국현대소설의 공간의식』, 서강어문 제2집, 1982에서, 김중하 교수와는 달리 이 공간성을 공간적 배경으로 보고 있나.

11) 조동일, 『문학연구방법』, 지식산업사, 1980, pp.163~165 참조.

12) 이명섭 편, 『세계문학비평용어사전』, 을유문화사, 1985, p.321 참조

13) M. Bakhtin, *Problems of Dostoevskys Petics*, Minneapolis, Univ of Minesota press, 1984, p.3.

디테일들의 상호관계(상하, 좌우, 전후)까지 포함한다. 가령, 공간 속의 한 디테일인 안개 같은 것은 장소를 나타내기에는 부족하지만 분명 공간은 나타내줄 수 있기 때문이다.[14] 따라서 본고에서 사용되는 공간은 일차적으로는 장소적 배경을 뜻하지만 그 속에 위치하는 디테일과 그 디테일들의 상호관계까지 포함하는 개념이 될 것이다. 그리고 공간을 장소적 배경으로 한정할 때는 이미 그에 대응하는 전경이라는 개념을 염두에 두지 않을 수 없다. 즉 배경이란 전경의 배경이며, 전경이란 배경의 전경으로 지각되고 인식된다. 기존의 공간론이 사건이 일어나는 장소나 혹은 행위의 장소일 뿐만 아니라 그 사건을 구성하고 있는 조건 전체를 의미할 수 있게 개념 확장이 이루어진 것도 이러한 전경과의 관계 위에서만 가능한 것이다. 여기서 전경이란 인물과 인물들의 관계와 행위에 다름 아니므로 소설에서의 공간론은 인물과의 의미관계 속에서 이루어져야만 올바로 진척될 수 있을 것이다. 이렇게 볼 때, 인물들의 의식 속에 자리 잡고 있는 내면 공간과 상상적 공간까지도 공간의 개념에 편입시킬 수 있게 된다. 그래서 본고에서의 공간의 개념은 "둘러싸이고 인간화된 공간"[15]이며, "실제적이든 상상적이든 인간조건으로 받아들여질 수 있는"[16] 모든 공간이 될 것이다.

---

14) 김병욱, 『한국현대소설의 공간의식』, 서강어문 제2집, 1982, p.57 참조.

15) Yi-Fu Tuan, *Space And Place-The Perspective Of Experie-Nec*, Minneapolis Univ of Minnesota Press, 1977, p.54.

16) L. Lutwack, 『Role Of Place In Literature』, Syracuse Univ Press, 1983, p.27.

2) 공간 층위

소설 속에 표상된 공간은 실재의 공간과 등치되지 않는다. 실재적인 공간은 연속적이며 비단절적이다. 가령, 실재적인 공간에 있어서 벽들에 의해 한계지어진 방이라는 공간을 생각해본다면, 이때 이 벽들 너머에 어떠한 공간도 없으며 완전한 무가 존재하는 경우란 있을 수 없다. 그러므로 단절을 갖기 않는다는 것이 공간 자체의 본질에 속한다.[17] 그러나 소설 속에서 표상된 공간은 단절적이다. 가령, 어떤 특정한 방 속에서 전개되는 소설에서 이 방 외부에는 무엇이 존재하는가 아닌가에 대해서 어떠한 단어로도 시사된 바 없는 경우를 생각할 수 있다. 이때 이 방은 작가에 의해서 적극적으로 한계지어졌으며 거꾸로 작가의 한계지어진 의식을 나타내며 또한 독자의 관심도 한계짓는다고 할 수 있다. 그러므로 이 공간은 단절된 공간의 절편(raumabschitt)이 될 수 있다. 이러한 공간의 단절성은 작가의 의식에서 오기도 하지만, 언어 자체가 가지는 속성에서도 기인한다고 볼 수 있다. 우리가 방이라고 언표하는 행위는 이미 그 방을 다른 공간에 대해서 고립화시키며 단절화시키는 것이기 때문이다. 다만, 우리가 이 단절적인 공간을 연속적인 맥락으로 파악하여 소설의 의미망으로 받아들이는 것은 실재적 공간의 연속성에 대한 우리의 일상적인 관념에 힘입고 있기 때문이다. 이상과 같은 관점에서 본고에서는 소설 속에 표상된 공간을 몇 개의 단위로 분절하고 이 분절된 단위를 공간층위라 정의하고자 한다.

---

17) 로만 인가르덴, 이동승 역, 『문학예술작품』, 민음사, 1985, p.255.

작가가 작품 속에서 설정할 수 있는 공간 층위는 무한정하고 또 한 작품에 나타나는 공간 층위도 복합적이고 다양한 양상을 띠게 마련이지만 작가마다 각기 독특하고 일관된 공간 층위를 선택하는 경향이 있음은 인정하지 않을 수 없다. 공간 층위의 선택 또한 세계관의 문제이기 때문이다. 그러므로 작가가 어떤 공간 층위를 주로 선택하는가 하는 것도 작가의 의식을 파악하는 단서가 될 수 있다.

현실에 있어서 인간이 몸담을 수 있는 물리적 공간 층위는 무한정이고 더욱이 작품에 설정된 공간 층위는 현실적 공간 층위보다 더욱 다양하고 특수하다. 그러나 현실적 공간을 기준으로 하여 작품 내의 보편적인 공간 층위를 주거적 공간, 도시적 공간, 자연적 공간[18] 등으로 대별하여 볼 수 있다. 이 구분은 논의의 편의를 위한 것이긴 하지만, 인간의 현실적 삶이 그러하듯 작품 내의 인물들도 이러한 세 층위의 공간에서 주로 행위하고 머무른다.

주거적 공간은 방, 집, 가정을 포함한다. 이 공간에서는 주로 나의 문제 혹은 나와 직접적으로 분별되지 않는 공동체로서의 우리의 문제가 제기된다. 도시적 공간은 마을, 도회지, 사회를 포함한다. 이 공간에서는 주로 나와 너, 혹은 나와 분별되는 타인들의 문제가 제기된다. 즉 인간과 인간이 상호작용하는 공간이다. 자연적 공간은 흔히 말하는 철학적인 의미로서의 자연을 뜻하지 않는다. 단순한 장소로서의 전원공간을 의미한다. 이 공간에서는 주로 자연과 대면한 인간의 모습이 나

18) 이 구분은 박태일의 「1940년 전후 한국시에 나타난 공간인식의 문제」, 부산대 석사학위 논문, 1984에서 원용했지만, 여기서의 의미와 반드시 일치하지는 않음.

타나며 인간의 원초적인 문제가 제기되기도 한다.

이러한 세 층위의 공간의 구별은 편의적인 것이지 절대적인 것이 못된다. 작품 속에서 이 세 층위는 서로 영향을 미치며 상호 관입하기 때문이다. 즉 주거적 공간이 도시적 공간이나 자연적 공간의 성격을 모방할 수도 있고 자연적 공간이 주거적 공간이나 도시적 공간의 모습을 닮을 수 있다. 그리하여 소설 속의 공간은 이 세 층위가 상호작용하여 하나의 복합적으로 역동적인 장을 구성한다.

3) 공간지향

본고에서 사용하게 될 공간지향이란 용어는 인식 주체가 공간인식의 결과, 어떤 특정한 공간으로 나아가고자 하는 행위나 의식적 태도를 뜻한다.

모든 공간에는 방향이 갖추어져 있다. 수직과 수평, 앞과 뒤, 좌와 우, 안과 밖 등의 방향이 있다. 여기서 공간과 거기서 일어나는 상황이 상호작용할 때, 특히 안과 밖의 문제가 발생한다. 이 안과 밖의 방향은 기지의 것과 미지의 것, 과거적인 것과 미래적인 것, 내면적 의식과 외부세계라는 관념을 포함하고 있다. 그래서 인식주체가 어떠한 공간을 안으로 혹은 어떠한 공간을 밖으로 인식하는가 하는 문제와 더불어 인식 주체의 지향이 안으로 향하는가 혹은 밖으로 향하는가 하는 문제가 중요시된다고 하겠다. 기지의 공간, 과거적인 공간, 개별화된 내면공간으로 향하면 안으로의 지향이 될 것이고, 미지의 공간, 미래적 공간, 외부공간으로 향하면 밖으로의 지향이 될 것이다. 따라서 전자는 구심적 지향이 될 것이다. 후자는 원심적 지향이 될 것이다.

구심적 지향은 밖의 공간에 관심이 없고 안으로의 공간에 모든 의식이 집중되고 수렴된다. 반대로 원심적 지향은 안의 공간에 관심이 없고 밖으로의 공간에 의식이 확대된다. 따라서 구심적 지향은 안으로의 공간의 한 정점으로 회귀하고자 하거나 그 정점에 정주하고 안주하고자 하는 공간수렴이 동반되고 원심적 지향은 결코 한 정점에 머무르지 않으며 끊임없이 어딘가로 떠나고자 하는 공간확산이 수반된다.

루카치는 『소설의 이론』에서 소설의 유형을 나누면서 그 유형에 대응하는 두 가지 인물의 유형을 나눈 바 있다. 즉 ①영혼이 외부세계보다 넓어서 '순전히 내면적인 현실이 문제가 되고', '또 자발적인 자기신뢰 속에서 자기 자신을 단 하나의 진정한 현실, 즉 세계의 본질이라고 간주함으로서 매우 풍부한 독자적인 삶을' 갖는 인물과, ②영혼이 세계보다 좁아서 '영혼은 그 자체의 내면에서 겪게 되는 문제성이 전혀 없고', '영혼 속에서 일어나는 모든 활동은 하나같이 밖으로 향한 행동이 될 수밖에 없는' 인물이 있다는 것이다.

구심적 지향을 보이는 인식주체는 ①의 인물형에, 원심적 지향을 보이는 인식주체는 ②의 인물형에 대응될 가능성이 많다. 이러한 유형이 인물과 외부세계와의 관계에서 나왔듯이, 공간의 문제도 앞에서 밝힌 대로 전경과 배경 즉 인물과 공간과의 관계이기 때문이다. ①의 인물형이 내면적인 현실의 문제에 집착하듯이 구심적인 지향의 주체는 안으로의 공간에 집착하고, 반대로 ②의 인물형이 외부세계로 행동해나가듯이 원심적 지향의 주체는 밖으로의 공간에 의식을 확대하고 있다.

또한, 구심적 지향의 주체는 외부세계를 내면공간화하고, 원심적 지향의 주체는 내면의식을 외부공간에 투사시켜나가는 성향이 있다.

이러한 공간지향의 유형에서 한 작가의 모든 작품에 하나의 유형만이 절대적으로 나타나는 것은 아니다. 작가라는 인식주체의 다양한 인식 방법에 따라 복합적인 양상을 띠게 마련이다. 그러나 각 작가마다 일관되고 지배적인 유형의 추출은 가능하다고 본다. 본고에서는 그 가능성에 의하여 이효석이 구심적 지향을, 김유정이 원심적 지향을 일관되게 보여주고 있다는 추정하에 논의를 진행시키고자 한다.

4) 공간인식과 현실대응

어떤 특정한 대상에 대한 인식주체의 인식태도가 다기 다양하기 마련인 것처럼 어떤 특정한 공간에 대한 인식주체의 인식태도 또한 다양할 수밖에 없다. 그러나 이러한 다양한 태도를 극한적으로 유형화시켜 나타내본다면 긍정적 혹은 부정적인 두 가지 태도로 나눌 수 있을 것이다. 이것은 공간의 문제에 있어서도 마찬가지이다.

이때 긍정적인 공간에서 인식주체는 세계와 자아의 동일성을 확보하게 되고 부정적인 공간에서는 세계와의 갈등과 소외를 경험하게 된다.

본고에서는 이 긍정적인 공간을 자아동일적 공간이라고 하고 부정적인 공간을 갈등과 소외의 공간이라고 개념화하고자 한다. 인식주체가 어떠한 공간을 자아동일적 공간으로 파악하여 어떠한 공간을 갈등과 소외의 공간으로 인식하는가, 그리고 그 인식의 결과 인식주체가 어떠한 방식으로 반응하는가, 하는 문제는 결국 인식주체의 세계환경에 대한 적극적 대응 구조의 의미를 드러낸다고 할 수 있다. 특히 대상이 되고 있는 두 작가가 식민지하의 피식민지 작가라는 점에서 이러한 조명은 그들이 드러내고 있는 식민지 현실에 대한 대응의 문제를 검출할 수 있게 한다. 결국 이러한 문제는 공간의 문제가 두 작가의 작품 내적인 요소로 그치는 것이 아니라 대역사적인 문제로 전환될 수 있음을 전제로 하는 것이라 하겠다.

본고에서는 이상에서 살펴본 공간의 기본적인 개념을 바탕으로 하여 이효석과 김유정 이 두 작가의 작품을 공간층위와 공간인식의 특성, 공간지향의 특성, 공간인식과 현실대응의 양상 등의 순서로 살펴보고자 한다. 그리고 끝에서는 이런 제 문제에 대한 두 작가의 차이점을 비교해볼것이다.

2. 이효석 소설의 공간

이효석 소설의 특질은 일반적으로 다음 네 가지 측면에서 논의되어왔다. 첫째, 초기 동반자 작가로서의 경향주의적 성격과 둘째, 1993년「豚」이후의 작품에 나타나는 자연귀의와 원초적인 성의 세계에 대한 탐구와 셋째, 서구적 취향과 넷째, 시적 산문이라고까지 일컬어지는 서정성과 유미주의 등이 그것이다. 그리고 효석의 문학에 대한 긍정적인 평가는 한국소설에 서정적 미의식을 펼쳐보였다는 점,[19] 자연과 성을 통하여 인간의 본질을 파헤치고 있다는 점,[20] 반문명주의,[21] 형식의 완벽미[22] 등에 대한 찬탄이었고, 반대로 부정적인 평가는 산문정신의 빈약,[23] 자연예찬에 몰두한 나머지 생의 새로운 이해와 발견에 실패,[24] 반사회주의,[25] 위장된 순응주의,[26] 균형모델로서의 침잠[27] 등에 대한 비판이었다.

이러한 효석의 문학적 특질과 그에 대한 평가가 공간의 문제에 있어서는 어떻게 드러나는지 살펴보기 위하여 본고에서는 그의 대표작으

19) 정한모,『현대작가연구』, 1959; 김우정,『현대소설의 이해』, 이우출판사, 1980; 유기룡,「이효석론」,『현대작가론』, 형설출판사, 1979; 조연현,『한국현대작가연구』, 새문사, 1981.

20) 홍경표,「서정적 리얼리즘 소설과 상징성」,『한국근대소설작가의식연구』, 형설출판사, 1984.

21) 이광풍,『현대소설의 원형적 연구』, 집문당, 1985.

22) 임화,『시문학의 정도』, 문장 제1권, 제9호.

23) 김동리,『산문과 비산문』, 문학과인간, 1952.

24) 정명환,「이효석 또는 위장된 순응주의」,『한국작가와 지성』, 문학과지성사, 1979.

25) 정명환, 앞의 책.

26) 정명환, 앞의 책.

27) 정명환, 앞의 책.

로 꼽히는 「메밀꽃 필 무렵」, 「산」, 「들」, 「장미 병들다」, 「거리의 목가」, 「분녀」 등의 작품을 중심으로 논의를 진행할 것이며 필요에 따라 타 작품들에 대해서도 언급하고자 한다.

1) 공간층위와 공간인식

효석의 소설에 있어서는 거의 일관되게 도시적 공간이 소외의 공간으로 표상된다. 즉 효석의 등장인물들은 도시적 공간에서 모두 갈등과 소외를 일으키고 있다. 특히 초기 경향주의 작품에서는 이 점이 두드러지며, 후기 작품에서도 그러하다고 할 수 있다. 이에 비해 자연적 공간과 결합된 고향의 공간 혹은 과거적 공간은 자아동일적인 공간으로 표상된다. 즉 이러한 공간에서는 인물들이 갈등과 소외감을 해소하며 자아동일성을 확보하게 되는 것이다. 여기서 도시적 공간=갈등과 소외의 공간, 자연적 공간=자아동일적 공간이라는 대립적인 등식을 발견할 수 있게 된다. 효석에게 이러한 대립적인 공간 인식은 극단적일 만큼 고정적이다. 이 점을 본고에서는 논의의 대상으로 삼을 몇 작품에서 확인해보고자 한다.

> ① 녀석이 제법 난질군인데 꼴사납다. 머리에 피도 안 마른 녀석이 낮부터 술처먹고 계집과 농탕이야. 장돌뱅이 망신만 시키고 돌아다니누나. (…) 걱정도 팔자요 하는 듯이 빤히 쳐다보는 상기된 눈망울에 부딪칠 때 결김에 따귀를 하나 갈겨주지 않고는 배길 수 없었다.
>
> -「메밀꽃 필 무렵」 중에서

② 산길을 벗어나니 큰 길로 튀어졌다. 꽁무니의 동이도 앞으로 나서 나귀들은 가로 늘어섰다./“총각도 젊겠다. 지금이 한창이렷다. 충주집에서는 그만 실수를 해서 그 꼴이 되었으니 설게 생각 말게.”/“처, 천만에요. 되려 부끄러워요. 계집이란 지금 웬 제격인가요. 자나 깨나 어머니 생각뿐인데요.”

-「메밀꽃 필 무렵」 중에서

①에서처럼 허생원과 동이의 충주댁을 둘러싼 갈등은 장판이라고 하는 도시적 공간에서 일어난다. 그리고 ②에서처럼 그 갈등의 해소는 자연적 공간에서 이루어진다.

중실은 머슴산 지 십팔년에 아무것도 쥔 것 없이 맨주먹으로 살던 집을 쫓겨났다. (…) 장가들이고 집 사고 살림 내준다던 것도 헛소리였다. 첩을 건드렸다는 생뚱 같은 다짐이었으나 그것은 처음부터 계책한 억지요.

-「산」 중에서

넓은 하늘 밑에서도 갈 곳이 없다. 제일 친한 곳이 늘 나무하러 가던 산이었다. 짚북데기보다도 부드러운 두툼한 나뭇잎의 맛이 생각났다. 짚북데기보다도 부드러운 두툼한 나뭇잎의 맛이 생각났다. 그 넓은 세상은 사람을 배반할 것 같지 않았다. 빈 지게만을 짊어지고 산으로 들어갔다.

-「산」 중에서

중실을 소외시키는 공간은 마을이라는 도시적 공간이다. 그리고 그 소외감의 무화가 일어나는 공간은 산이라는 자연적 공간이다. 「들」에서도 '내'가 잡히고 쫓기는 공간은 도시적 공간이며 그 갈등과 소외가 해소되는 공간은 자연적 공간이다.

그러나 공포는 왔다. 그것은 들에서 온 것이 아니요, 마을에서 사람에게서 왔다. 공포를 만드는 것은 자연이 아니요 사람의 사회인 듯 싶다.

-「들」 중에서

이처럼 효석의 공간인식은 이분법적으로 고정되어 있다. 효석의 반문명주의 내지 반사회주의는 잘 알려진 사실이거니와 이것을 공간의 문제로 전화시키면 효석은 자연적 공간을 행복과 보호의 안으로의 공간으로 파악하고 있으며, 도시적 공간을 밖으로의 공간으로 파악하고 있음을 알게 한다. 즉 효석의 자연적 공간은 들어가 정주하고 안주할 안이라는 주거적 공간의 성격을 닮아 있다. 이에 비해 도시적 공간을 생존경쟁의 법칙이 냉엄하게 존재하는 삶의 현실적 공간이며 바깥으로의 공간으로 나타난다. 이러한 고정된 공간인식은 효석의 전 작품에 지배적이다.

이처럼 효석의 공간인식이 고정되어 있다는 것은 효석의 공간인식이 대단히 관념적이라는 사실을 알게 한다. 바꿔 말해 효석의 공간인식은 그 공간에 대한 객관적인 성찰의 결과라기보다 효석 자신이 가지고 있는 관념의 결과라는 것이다. 작가가 가지는 한 공간층위에 대한 인식적인 태도는 다양할 수 있다. 가령, 효석의 작품에서 일관되게 자아동일적 공간으로 나타나는 자연적 공간은 갈등과 소외의 공간으로 나타날 성격을 내포하고 있다. 김유정의 작품에서 자연적 공간이 때때로 생존경쟁의 법칙에 지배되는 현실적 삶의 공간으로 나타는 것에서도 이를 확인할 수 있다. 또, 도시적 공간도 반드시 갈등과 소외만을 일으키는 공간이 아니라 그 갈등과 소외를 극복하려는 노력 속에서 함께 어울려 살아가는 공간이 되기도 하는 것이다.

이와 같이 다양하게 나타날 수 있는 공간인식의 태도가 효석이라는 한 작가의 대부분 작품에서 하나의 태도로 굳어 있다는 것은 효석의 공간인식이 그만큼 관념적임을 시사하거니와 그러한 공간인식이 극적 구성에 의하여 뒷받침되지 않음도 또한 그것을 증거한다. 즉 효석의 작품에서는 왜 도시적 공간이 갈등과 소외만을 일으키는가 혹은 자연적 공간은 왜 자아동일적이 되는가 하는 모색과정이 극적 구성에 의해 나타나지 않는다. 그저 막연하고 무조건적으로 추상화되어 있을 뿐이다.

「산」에서 중실이가 머슴살이를 하다가 쫓겨나와 자연 가운데서 살아가는 모습은 아름답기만 하다. 그는 소년기의 사고 패턴에 머물러 있다. 이것은 억압(머슴살이)에 대한 인간자유의 본질적인 분노도, 어떤 질곡에 대한 반항도 묵살하고 자연이 아름답다는 작가의 관념만을 강조하기 위한 방편이었다고 생각된다.[28)]

이러한 관념적 공간인식은 결국 효석이 외부공간을 객관적으로(문

---

28) 김영기, 「이효석론」, 『현대문학』, 1970 16권 5호, p.326.

학작품에 나타난 공간은 이미 객관적이 아니라 주관적인 것이긴 하지만 그 정도의 차이에 있어서) 인식하기보다는 주관적으로 인식하고 있음을 말해준다. 이것은 외부공간의 내면공간화를 일으키며 필연적으로 수렴적, 폐쇄적인 공간의식을 보여주게 된다. 즉 효석의 외부공간은 객관적인 모습을 유지하기보다는 인물의 내면의식 속에서 수렴되어 개별화된 모습으로 나타난다. 「메밀꽃 필 무렵」에서 메밀꽃이 피어 있는 달밤이라는 공간은 성처녀와의 추억과 함께 허생원의 의식 속에 수렴된 공간이다. 이 공간은 허생원에 의해 개별화된 공간이며, 이 개별화된 공간으로서만이 작품의 내적구조에 참여할 수 있다.

「메밀꽃 필 무렵」의 시장의 풍경이나 메밀밭길의 달밤 풍경과 같은 것이 오히려 더 시골스럽지 않게[29] 되는 이유가 여기에 있다. 이러한 공간의 개별화는 결국 인물의 개별화를 야기하며 허생원이 당대의 장돌뱅이적인 의미보다는 교양인 효석의 분신적인 의미가 강해지는 것이다.

> 물 한 방울 없는 모래 개천을 끼고 내달은 둑은 넓고 희고 곧고 깨끗해서 마치 푸른 풀밭에 백묵으로 무한대의 일직선을 그은 것두 같구 뚝 양편으로 잔디가 쭉 깔린 속에 쑥이 나고 패랭이꽃이 피어서 저녁해가 짜링짜링 쪼이면 메뚜기와 찌르러기가 처량하게 울지요. (…) 여름 한철이면 조카 아이와 같이 염소를 끌고 그 둑 위를 거닐면서 세월 없이 풀을 먹여요. 항구를 떠난 국제 열차가 산모퉁이를 돌아 기적 소리가 길게 벌판을 울려 올

29) 유기룡, 『이효석론』, 형설출판사, 1979, p.188.

> 때, 풀 먹던 염소는 문득 뿔을 세우고 수염을 드리우고 에헤헤헤헤헤 하고 새침하게 한바탕 울어대곤 해요. 마을 안의 그 둑을, 고향의 그 벌판을 나는 얼마나 사랑하는지 몰라요. 그리운지 모르겠어요.
>
> -「장미 병들다」 중에서

여기서 고향은 남죽에 의해서 개별화된 공간이다. 이것은 외부의 현실적 고향이라기보다 남죽의 의식 속에 자리 잡고 있는 내면화된 공간이다.

이와 같은 공간의 개별화와 내면화는 결국 효석의 인물들이 외부적 현실보다는 내면적 현실에 보다 집착하는 '영혼이 세계보다 넓은 인물'임을 나타낸다. 효석의 인물들은 외부적 현상들을 의식 속에서 수렴하고 내면화하고 개별화시키는 인물임을 효석의 공간인식에서도 확인할 수 있다고 하겠다.

> 강약의 부동으로 억센 장골 앞에서는 약질은 욕을 보고 그 자리에 폭싹 쓰러져 버리는 그 일장의 싸움 속에서 우연히 시대를 들여다본 듯하여서 너무도 짙은 암시에 현보는 마음이 얼떨떨하였다.
>
> (…)
>
> "영화의 한 토막과도 같이 아름답지 않아요? 슬프지 않아요?"
>
> 역시 그 장면에서 받은 감동을 말하는 남죽의 눈에는 눈물이 어리어 보였다.
>
> -「장미 병들다」 중에서

싸움의 외부적 현실이 남죽에게는 엉뚱하게도 아름답고 슬픈 모습으로 비친다. 이것은 외부적 현실을 내면화시키며 개별화시킴을 의미한다.

이상의 몇 작품에서 효석의 공간인식이 공간층위별로 고정적인 태도를 유지하고 있음을 확인해보았다. 즉 효석의 공간인식은 도시적 공간=갈등과 소외의 공간, 자연적 공간 혹은 고향의 공간=자아동일적 공간이란 대립적 등식으로 고정되어 있는 것이다. 이러한 효석의 고정적인 공간인식은 앞에서 대상으로 한 작품에서만이 아니라 효석의 전 작품에 적용시키더라고 그대로 유효할 것이다.

2) 구심적 공간지향

소설은 고향 상실적인 의식에서 출발하여 그 고향을 찾는 과정의 이야기이다.[30] 즉 인물이 세계와 부조화를 느끼고 그 부조화를 일탈하고자 하는 자아동일성 획득의 노력 과정이 소설의 내용 구조를 이룬다. 이것을 공간의 측면에서 이야기하자면 갈등과 소외의 공간에서 자아동일성 공간의 모색이 소설의 공간구조가 될 것이다. 작품에 따라서는 이 자아동일성 공간이 설정되어 있거나 그렇지 않으면 영원히 모색되기만 할 뿐, 설정되지 못하는 경우도 있다. 또, 설정되어 있더라도 거기에 도달하거나 그렇지 않으면 그 공간을 지향하기만 할 뿐, 영원히 갈등과 소외의 공간에서 벗어나지 못한다. 이 극단 사이에 모든 소설

30) 게오르그 루카치, 반성완 역, 『소설의 이론』, 심설당, 1985. pp.76~79 참조.

작품이 놓인다고 할 수 있을 것이다.

효석의 경우에 있어서는 자아동일성 공간이 이미 설정되어 있고 또 거기에 도달하는 경우가 많다. 또, 도달하지 못하더라도 그 공간을 향한 부단한 지향성을 보여준다. 앞장에서 효석이 도시적 공간을 갈등과 소외의 공간으로 자연적 공간, 고향의 공간, 과거적 공간을 자아동일성의 공간으로 일관되게 설정하고 있음을 밝혔다. 그러므로 효석의 공간지향은 결국 도시적 공간에서 자연적 공간, 고향의 공간, 과거적 공간으로의 지향이 된다. 이때 자연적 공간, 고향의 공간, 과거적 공간은 소설 속 인물이 그 공간 속에 정주하고 안주할, 그리고 되돌아가야 할 공간으로 나타난다. 즉 주거적 공간의 성격을 모방하고 있다. 효석에게 있어서는 이 공간이 안의 공간이 되는 것이다.

이재선 교수는 단편 「가을과 산양」에서 창문 밖에서 안으로 아늑한 방안의 정경을 기웃거리는 상황을 인용하고 나서, "이는 겨울날의 외부공간과 내부공간을 가르는 창의 안팎을 서로 대칭화한 가운데, 행복과 보호의 내부공간 또는 서로가 더불어 사는 존재로서의 사랑의 공간으로부터 소외되어 있는 불행한 사람의 조건과 상태를 공간적으로 대비, 압축한 문맥이다."[31)]라고 하였다. 결국 효석의 공간으로부터 자연적 공간, 고향의 공간, 과거적 공간으로의 지향은 곧 '겨울날 창밖의 외부 공간'에서 '행복과 보호의 내부 공간'으로 들여다보는 행위다. 이때 밖에서 안으로라는 공간수렴이 일어나며, 한 정점의 고정된 공간으로

31) 이재선, 『우리 문학은 어디에서 왔는가-원천. 지속. 변화의 문학적 주제론』, 소설문학사, 1986, pp.358~359.

의 회귀와 정주를 지향하는 구심적 공간지향이 나타나게 된다. 그러면 실제 작품에서 이러한 공간수렴과 구심적 공간지향이 어떤 양상으로 나타나는지 살펴보고자 한다.

「메밀꽃 필 무렵」에서 나타나는 공간은 크게 대별하여 세 가지로 나누어 볼 수 있다. 그것은 장터, 메밀꽃이 피어 있는 달밤의 길, 그리고 허생원의 기억 속에 자리 잡고 있는 과거적 공간이다. 여기서 장터는 전술한 바와 같이, 타인과의 관계 속에서 갈등과 소외가 내포된 도시적 공간이다. 그리하여 이 공간에서 충주댁을 둘러싼 허생원과 동이의 갈등이 일어나며 허생원의 소외된 반평생이 드러난다.

> 빚을 지기 시작하니 재산을 모을 염은 당초에 틀리고 간신히 입에 풀칠을 하러 장에서 장으로 돌아다니게 되었다. 호탕스럽게 놀았다고는 하여도 계집 하나 후려보지 못하였다. 계집이란 쌀쌀하고 매정한 것이었다. 평생 인연이 없는 것이라고 신세가 서글퍼졌다.
>
> -「메밀꽃 필 무렵」 중에서

허생원은 이러한 도시적 공간이며 현실적 삶의 공간인 장터와 장터를 떠돌면서 20년간 끈질기게 하나의 과거적 공간에 집착되어 있다.

이 과거적 공간은 성처녀와의 추억이 간직된 물레방앗간이 있는 봉평이다. 이 과거적 공간으로서의 봉평이 허생원에게는 유일한 자아동일성의 공간이 되며, 허생원의 의식은 반평생 동안 이 공간을 지향하고 있다.

허생원의 의식 속에 정위공간으로 자리잡고 있는 곳은 봉평이다. 그의 삶의 의미나 궤적은 봉평을 중심으로 하여 맴돌고 있어서 이를 벗어날 수 없다. 그 이유는 허생원의 삶의 구심점이 되었던, 성처녀와의 하룻밤 사랑이 봉평에서 이루어졌고, 허생원은 이 추억을 벗어나지 못하고 있기 때문이다. 허생원은 다른 장으로 옮겨 다니지만 봉평장은 빼놓지 않고 들르게 되는 것도 이를 입증하는 것이며 이는 의식에서뿐만 아니라 삶 그 자체의 모든 의미가 이 봉평이란 곳에 집결되고 있음을 뜻한다.[32]

그리하여 허생원은 이 자아동일성 공간이 현실로 회복되기를 희구하며 그렇게 될 경우 장돌뱅이라는 떠돌이의 순환적인 삶의 조건에서 벗어나 그 공간 속에 정주하고 싶어 한다.

"옛 처녀나 만나면 같이나 살까… 난 거꾸러질 때까지 이 길 걷고 저 달 볼 테야."

-「메밀꽃 필 무렵」 중에서

이것은 곧 과거적 공간으로의 회귀이며 한 정점으로의 공간수렴이다. 과거적인 것은 공간의 방향에 있어서 안이다. 그러므로 과거적 공간에 대한 집착과 지향은 구심적인 지향이다. 그리고 허생원의 이러한 과거적 공간으로의 회귀는 작품의 결미에서 동이가 허생원의 친자인

32) 김중하, 앞의 책, p.606.

수 있다는 극적 구성에 의해 그 실현 가능성이 암시되고 있다. 이것은 극적 구성이 이 작품의 회귀적 공간구조를 뒷받침하고 있음을 알게 한다. 허생원의 이러한 구심적 공간지향은 동이나 조선달에게 있어서도 마찬가지이다.

허생원을 따라다니는 동이는 홀어머니를 제천에 두고 있지만, 어머니의 고향이 봉평이란 것과 그의 출생 또한 봉평이어서 언젠가 보아 봉평으로 모셔 오겠다고 한다. 이로 보아 동이 역시 봉평을 벗어날 수 없는 인물이고 그의 어머니도 또한 그러하다.[33)]

> 그러나 늘그막바지까지 장돌뱅이로 지내기도 힘드는 노릇 아닌가. 난 가을까지만 하구 이 생계와도 하직하려네. 대화쯤에 조그만 전방이나 하나 벌이구 식구들을 부르겠어. 사시 장천 뚜벅뚜벅 걷기란 여간이래야지.
>
> -「메밀꽃 필 무렵」 중에서

주인물인 허생원과 마찬가지로 부인물인 동이와 조선달 역시 한 정점의 공간으로 정위하고 정주하고자 한다. 그것은 한 정점으로의 공간 수렴이며 가족의 형성이나 재결합이라는 안으로의 공간지향이다. 즉 구심적 공간지향이 되는 것이다.

여기서 메밀꽃이 피어 있는 달밤의 길은 바로 이 회귀의 통로로서의 공간이 된다. 메밀꽃이 소금을 뿌려놓은 듯이 피어 있는 달밤이라

---

33) 김중하, 앞의 책, p.607.

는 분위기는 그 동일성으로 인하여 허생원과 성처녀의 기억이 자리 잡고 있는 과거적 공간으로 유도하는 중요한 구실을 하고 있다. 이것은 현재의 공간이 20여 년이란 시간을 뛰어넘어 과거의 공간과 동일화할 수 있는 가능성의 암시가 되는 것이다. 즉 공간에 의한 시간의 무화현상이라고 할 수 있다. 또한, 이 공간은 장터에서 야기된 허생원과 동이의 갈등이 해소되는 공간이며, 나아가 동이가 허생원을 업게 됨으로써 육체적으로나 정신적으로 오히려 친밀해지는 공간이다. 그러므로 이 길의 끝에 동이가 허생원의 친자라는 가능성에 대한 암시가 설정된 구성은 적절한 것이라 하겠다. 그 통로적 공간의 끝에는 육친의 되찾음과 가족의 형성이라는, 주거적 공간의 성격을 닮은 자아동일성 공간이 기다리고 있기 때문이다. 그래서 혹자는 이 길을 M. 엘리아데의 말을 빌려 俗에서 聖으로, 죽음에서 삶으로 옮겨지는 통과제의적인 공간으로 보기도 한다.[34] 그러므로 이 길은 「북국점경」, 「노령근해」, 「주을 가는 길에」 등에 나타나는 그 주을 온천 가는 길과 본질적으로 동일한 길이라고 볼 수 있다. 도시적 공간, 갈등과 소외의 공간에서 "피로에 지쳐버린 인물들이 예외 없이 귀향처로서의 주을 온천을 찾아 가는"[35] 길은 자아동일성 확보의 공간으로 향하는 통로적 공간이다. 그것은 공간 수렴의 길이며 구심적 공간 지향의 길이다. 「메밀꽃 필 무렵」이 효석의 다른 작품에서 찾아보기 힘든 형식의 완벽미를 가지는 것은 위에서 살펴본 단단한 공간구조에서도 기인하는 것이다.

34) 이광풍, 『현대소설의 원형적 연구』, 집문당, 1985, p.108.
35) 유기룡, 앞의 책, p.185.

효석이 「메밀꽃 필 무렵」에서 메밀꽃, 달빛, 개울물 등이 어우러진 자연적인 공간을 자아동일성 확보의 공간으로의 통로로 설정하고 있음은 효석의 후기 작품을 이해하는 데 대단히 중요하다. 왜냐하면 효석의 일련의 작품에서는 자연적 공간 그 자체가 자아동일적 공간이 되기 때문이다. 효석의 자연적 공간에서는 일체의 갈등이 내포되지 않는다. 인물과 인물의 갈등이나 인물과 자연의 갈등도 이 공간에서는 일어나지 않는다. 효석의 자연적 공간은 일체의 갈등이나 소외가 무화되고 해소되는 완전한 자아동일성의 공간이다. 또한, 이 자연적 공간은 인물이 구체적으로 행위하는 공간적 배경을 이루면서 하나의 전경으로서 작품의 인과적 구성에 참여한다. 즉 하나의 인물로서의 공간[36]이 되며 인물의 성격 형성에 막대한 영향력을 행사한다.

그리하여 이러한 자연적 공간을 배경으로 하는 「산」, 「들」, 「산정」 등과 같은 작품들은 '도시적 공간=부정적 공간', '자연적 공간=자아동일시의 공간'이라는 이분법적으로 고정된 효석의 공간 인식의 모습을 가장 여실히 보여주는 작품이 된다. 이러한 작품에서 이러한 공간 인식의 결과로 효석의 인물들은 자연히 도시적 공간을 버리고 자연적 공간으로 귀의해 들어간다.

---

36) Robimacauley and George Lanning, *Techique In Fiction*, New York, Harper & Row Publishers, 1964, pp.132~139. 여기서 저자들은 장소의 기능을 다섯 가지로 나누고 있다. 인물로서의 장소, 운명으로서의 장소, 서사적 요소로서의 장소, 시기로서의 장소, 배경으로서의 장소 등이 그것이다. 효석의 자연적 공간은 인물에 영향을 미치는 Place Character가 된다.

이상스러운 것은 그런 거리가 살림살이가 도무지 마음을 당기지 않는 것이다. 앙상한 사람들의 얼굴이 그다지 그리운 것이 아니었다.

무슨 까닭으로 산이 그리지 그리울까. 편벽된 마음을 의심도 하여 보았다. 그러나 별로 이치도 없었다. 덮어놓고 양지쪽이 좋고 자작나무가 눈에 들고 떡갈잎이 마음을 끄는 것이다. 평생 산에서 살도록 태어났는지도 모른다.

-「산」 중에서

학교를 퇴학하고 처음으로 도회를 쫓겨 내려 왔을 때에 첫걸음 찾은 곳은 일가집도 아니요 동무집도 아니요 실로 이 들이었다. 강가의 사시나무가 제대로 있고 버들 숲 둔덕의 잔디가 헐리우지 않았으며 과수원의 모습이 그대로 남은 것을 보았을 때의 기쁨이란 형언할 수 없이 큰 것이었다.

-「들」 중에서

그리하여 효석의 인물들은 자연적인 공간 속으로 몰입해 들어가고, 그 공간에 정주하고, 뿌리내리려 한다. 나아가서는 자연과 하나가 되려고 하는 몸짓을 보여준다. 자연적 공간 속에서 정주하고 안주하며 뿌리내리려 한다는 것은 효석의 자연적 공간이 안주하고 정주할 자아동일적인 주거적 공간의 성격을 모방하고 있음을 말해준다. 그러므로 효석의 자연적 공간으로의 지향은 안으로의 공간수렴을 드러내며 구심적인 공간지향이 되는 것이다. 효석의 공간이 안의 공간이 되는 이유는 자연적 공간이 가지는 본래적인 성격으로 설명될 수 있다. 고대 원시인의 사고에서부터 인간은 자연을 흔히 인간 자신과 동일시해왔다.

> 고대나 중세기적 상상력에 있어서 가장 특징적인 것은 사람과 자연과의 관계에 있어서 그것이 대립적이 아니라 하나라는 생각이었다.
> 사람과 자연은 동일시되어, 사람의 몸의 움직임은 자연의 움직임과 같은 구조를 갖고 있는 것이었으며, 그것은 자연과 사람의 몸이 다같이 물, 공기, 흙, 물로 이루어져 있다는 생각에서 구체적으로 나타나 있다.[37)]

그래서 자연은 인간의 원초적이고 본연적인 모습과 동일시되는 것이다. 그러므로 자연적 공간은 인간에서 있어 기지의 공간이며 안으로 공간이 된다. 따라서 자연적 공간으로의 지향은 곧 인간의 원초적이고 본연적인 공간으로의 회귀 내지 복귀이다. 즉 어머니의 모태 속으로의 회귀이며 에덴동산에로의 복귀인 것이다. 효석의 자연적 공간으로의 지향은 인간의 원초적이고 본래적인 공간으로의 공간수렴이며 따라서 구심적 공간 지향이 되는 것이다.

「거리의 목가」,「향수」,「장미 병들다」,「계절」 등에서 보여주고 있는 바, 효석이 설정한 또 하나의 정위공간은 고향의 공간이다. 이러한 소설들의 주인공 역시 도시적 공간에서 갈등을 겪고 있으며 도시적 공간을 부정적인 공간으로 파악하고 있다.

---

37) 김현,「인간이라는 기호의 모습」,『세계의 문학』, 1982 25호, p.47.

도회란 속속으로 비밀을 감추고 있는 음침한 굴 속이다.

-「계절」 중에서

그리하여 그들은 고향을 자아동일적인 공간으로 인식하고 그 공간으로의 공간전환을 소망하고 되돌아가고자 하며 거기에 정주하고자 한다.

"그 몸으로 어떻게 나간단 말요. 집어치우고 고향으로 돌아가는 수밖에는 없소."

건은 보배를 측은히 여겼다.

(…)

"고향의 체면을 꺼려서 이 무서운 곳에서 죽어야 한단 말요?"

-「계절」 중에서

"이런 생활은 나를 죽여요. …이 추위, 이 무서움. 공기가 나를 협박해요. …이 적막. 가는 날 오는 날 허구한 날 똑같은 회색 하늘. 참을 수 없어요. 미치겠어요. 미치는 것이 손에 잡힐 듯이 알려요. 나를 사랑하거든 제발 집에 데려다 주세요. 원이에요. 데려다 주세요."

-「장미 병들다」 중에서

"얼른 짐을 싸시오. 오늘루 서울을 떠납시다. 불결한 분위기를 시원하게 떠나서 고요한 속에서 장래의 계책을 다시 세웁시다."

-「거리의 목가」 중에서

고향이라는 공간은 자연적 공간과 유사한 성질의 것이며 인간의 원초적인 공간이다. 즉 어머니의 모태와 같은 공간이라 할 수 있다. 이것은 기지의 공간이며 안의 공간이다. 그래서 고향으로의 공간전환은 결국 원초적인 회귀이며 안의 공간을 향한 공간수렴이다. 효석의 인물들이 이러한 고향의 공간을 지향하는 것은 곧 구심적 지향의 모습이다.

효석의 또 다른 공간수렴의 양상은 「분녀」의 공간구조에서 발견할 수 있다. 「분녀」는 주인공 분녀가 여러 남성들과의 교접을 통하여 성에 눈떠가는 과정을 그리고 있다. 그런데 「분녀」에서는 분녀의 성에 대한 의식의 확대가 공간의 확대와 병행되어 나타나고 있다. 분녀가 첫 남자 명준과 성관계를 가지는 것은 분녀의 캄캄한 방 안에서이다. 이때 캄캄한 방 안이라는 공간은 지금까지의 분녀의 성에 대한 무지를 나타낸다. 그리하여 분녀의 성에 대한 인식은 그녀의 방 안에서 처음 눈뜨기 시작하는 것이다. 그리고 곧 명준은 분녀의 곁을 떠난다. 이후 분녀가 만갑, 천수, 왕가 등의 남자와 관계를 맺으며 성에 대한 인식이 확대되는 장소는 만갑의 상점 → 성벽 밑 둔덕 → 개울가 수풀 등으로 공간확대를 일으킨다. 그리고 작품의 결미에 가서 분녀가 성에 대한 윤리적 판단의 중심을 어느 정도 형성할 때, 확산된 공간은 급자기 수렴된다.

> 다음 날도 집에 들어가지 않고 그렇다고 갈 곳이 없어 사람 눈에 안 띄게 종일이나 벌판을 헤매이다가 밭 속 포막 안에서 잤다. 그런 지 나흘만에 벌판으로 찾아 헤매이는 식구의 눈에 띄어 하는 수 없이 집으로 끌려갔

다. 어머니는 때리는 대신에 눈물을 흘렸다. 큰일이나 치르고 난 것 같다. 몸도 가다듬고 마음도 조여졌다. 딴 사람으로라도 태어난 것 같다. 관사에서 떨어진 후로는 들에 나가 밭일을 거들었다. 거리를 모르게 되고 밭과 친하였다.

-「분녀」 중에서

그리고 첫 남자인 명준이 분녀의 집으로 찾아온다. 돌아온 것이다. 그리하여 분녀의 집이라는 공간에서 작품이 끝난다. 즉 작품 서두의 공간으로 되돌아온 것이다. 이와 같이 「분녀」는 공간수렴적인 구조로 짜여 있다고 할 수 있다.

효석의 구심적 공간지향의 모습을 발견할 수 있는 또 하나의 근거는 그의 소설들이 가지는 공간적 완결구조가 될 것이다. 즉 효석의 소설은 작품의 대단원과 함께 공간도 닫혀버리는 구조로 되어 있다. 소설 속에 표면적으로 언표되어 있지는 않지만 소설의 대단원 후에 독자가 그다음을 상상할 수 있는 공간은 분명히 있다. 그런데 효석의 작품에 있어서는 대단원 후에 어떠한 공간전환이 있으리라는 상상을 막아버리는 폐쇄적인 구조로 되어 있다. 다시 말해, 효석의 인물들은 대단원에서 확보된 공간에서 영원히 머무르면서 어떠한 공간전환도 시도하지 않으리라는 느낌을 주는 것이다. 즉, 인물들은 있을 곳에 있게 되었거나 적어도 있게 될 것이라는 느낌을 주는 것이다. 허생원은 아마도 봉평에서 성수해서 동이와 살게 될 것이고, 중실은 산에서 영원히 살 것이며, 「들」의 '나'는 언제나 그 들에서 살 것이라는 느낌을 주는 것이다. 이것은 물론 인상적인 느낌에 불과할 위험이 있지만 유정의 인물과 비교적인 측면에서 보면 효석의 인물들이 주는 이러한 느낌은 상당히 강하다. 이러한 폐쇄적인 공간구조 자체도 효석의 공간지향이 구심적임을 알게 한다.

이상에서 효석의 각 작품에 나타나는 공간구조가 어느 한 정점의 공간에 안주하고 정주하고자 하는 공간수렴적이며, 따라서 공간지향의 태도가 그 정점의 정위공간으로 끊임없이 향하는 구심적 공간지향임을 확인해보았다. 효석의 작품의 문학적 구조는 바로 자아동일성 확보의 공간으로의 수렴적인 구조인 것이다. 효석의 소설이 가지는 서정성과 소설이란 장르적 명칭으로 발표된 수필 비슷한 작품들이 생산될 수 있었던 배경도 따지고 보면 이러한 공간구조와 무관하지 않다. 자아동일성이 확보된 세계는 산문의 세계라기보다는 서정의 세계이기 때문이다. 이 점에 대해서는 다음에 공간구조로 살펴볼 효석의 현실대응적 측면과 함께 다시 상술할 것이다.

3) 공간인식과 현실대응

이상에서 이효석은 안으로라는 정위공간을 설정하고, 기지의 공간, 과거적 공간, 내면공간으로 회귀 내지 귀의하여, 정주하고 안주하려는 구심적 공간지향의 양상을 보이고 있음을 확인해보았다. 그에게 있어서 모든 외부세계는 내면공간화되며, 개별화, 추상화된다. 그리하여 그는 내면의식이 요구하는 공간을 자아동일적인 공간으로 설정하고 그 공간에 모든 관심과 의식을 집중시킨다. 효석이 관심을 가지는 공간은 타자와 상호작용 속에서 역동적인 소설세계를 구성하는 공간이 아니라 타자와의 관계가 무화되어 개별화되고 관념화된 공간이다.

그런데 여기서 문제가 되는 것은 이러한 효석의 공간인식과 지향이 1930년대라는 식민지 현실에서는 어떠한 의미를 가지는 것인가 하는 점이다. 이러한 문제에 대한 대답이 곧 효석의 소설이 가지고 있는 가치평가에 적극적으로 기여하는 것이 될 것이다. 말하자면, 작가가 그의 상상력을 아무리 드높게 비상시킬 경우라도 그는 자기가 살고 있는 가장 절박한 사회적 현실에서 벗어날 수 없는 것이며, 원컨 원치 않컨 간에 일정한 시대적 분위기가 있고 공통적 문제가 있는 것이기[38] 때문에 이것은 각개 작가의 가치관의 문제로 확대되며 폭넓은 공간성의 문제 속에 포함해야 한다.

소설은 고향상실적 의식-자아와 세계의 부조화에 대한 인식에서 출발한다.[39] 그래서 이러한 대립적이고 상실적인 의식에서 나온 갈등이 소설의 기저요소를 이룬다. 소설의 구조는 결국 갈등의 현실세계에서 자아동일적인 세계를 모색하는 구조이다. 그러나 이 모색이라는 단순한 사실은, 목표나 그 목표에 이르는 길이 직접적으로는 주어질 수 없다는 것을 의미하다.[40] 즉 소설은 목표인 자아동일적인 세계나 그것에 이르는 길에 관심을 가지기보다는 그러한 목표가 생겨나게 된 현실세계에 관심을 가진다. 다시 말해, 소설의 모색은 현실세계가 갈등을 야

38) 정명환, 앞의 책, p.67.
39) 게오르그 루카치, 앞의 책, p.47.
40) 게오르그 루카치, 앞의 책, p.77.

기시키는 요인이 무엇인가, 현실세계에서 인간은 무엇을 상실했는가 하는 냉철한 물음에서 출발한다. 그러므로 소설은 늘 갈등의 현실을 향해 있어야 한다. 그것이 자아동일적인 세계를 모색하는 구조의 소설이 자아동일적인 세계를 직접적으로 제시하지 않는 이유가 될 것이다.

그런 의미에 있어서 자아동일적인 공간에 안주해버리는 이효석은 많은 문제점을 안고 있다. 효석은 자아동일적인 공간을 펼쳐 보일 뿐, 그 자아동일적인 공간을 지향하게 된 갈등의 과정을 보여주지 않는다.

그가 갈등과 소외의 공간으로 파악한 도시적 공간이 어떠한 구조에서 갈등과 소외를 야기하는가 하는 문제가 극적 구성에 의해 드러나지 않는다. 그러한 문제가 사실은 소설을 출발시키는 원동력이 됨에도 불구하고 그의 대타자적인 공간인 도시적 공간에 대한 인지구조는 빈약하며 감상적이기까지 하다. 이것은 대타자적인 공간, 대사회적인 공간에 대한 관심의 결핍이며, 고정적인 인식적 태도를 말해준다. 또한 이것은 현실인식의 피상적인 관념화를 의미한다. 그의 도시적 공간에 대한 인지구조가 빈약한 데 비하여 자아동일적 공간에 대한 인지구조가 풍부하다는 것은 결국 효석이 대타자적 현실인식에서 자기 내면 세계로 도피하고 있음을 말해준다고 하겠다. 그리고 그 내면세계마저도 어떠한 자기반성을 가지지 않는다. 이 점은 이미 자아동일적 공간을 확보한 것으로 설정되어 있는 작품, 「산」, 「들」, 「산정」 등에서 더 심하다. 그의 작품들이 서정적이며, 후기작품들이 소설이란 이름으로 수필화하는 것은 이러한 이유에서이다. 자아동일성 공간이 이미 확보되어버린 공간은 소설적 공간이 아니다. 에덴동산에서 소설은 나타날 수 없다. 에덴동산에서의 추방에서부터 소설은 시작되는 것이다. 「메밀꽃 필 무렵」이 그 서정성과 함께 높은 평가를 받은 것은 그것이 자아동일적인 공간을 찾아가는 과정의 이야기이지, 자아동일적인 공간을 이미 확보해버린 이야기가 아니기 때문이다. 그러나 여기에서도 허생원의 공간인식이 개별적이며, 대타자적인 것이 아니라는 문제점은 남는다. 이 점이 이 작품의 서정성을 갖게 하는 요인이 되기도 하지만, 허생원의 공간인식은 그 당시 장돌뱅이가 갖게 되는 것이라기보다는 효석이라는 한 교양인이 가진 것이다. 이런 점에서 효석의 구심적 공간 지향은 갈등의 현실세계에서 자아동일성의 공간, 개별화된 내면공간으로의 도피였다. 이것이 극심한 민족적 갈등의 시기였던 식민지 시대에 있어서 효석이 보여준 현실대응의 모습이었다. 말하자면, 효석은 식민지 현실에 후퇴적 적응 양식을 보이고 있다. 그는 식민지 현실 상황에서 위협을 피하려고 고립되거나 후퇴하고 있다. 그는 고립될 수 있고 보호될 수 있는 공간을 확보하여, 현실적 절망을 잊기 위해 자연적 공간이나 과거적 공간, 고향의 공간에 희망을 걸고 있는 것이다.

이러한 의미에서 「산협」은 효석의 작품에서 독특하고 주목할 만한 작품이다. 이 작품에서는 어떠한 자아동일성 공간도 나타나지 않으며, 작가의 시선은 갈등의 현장공간을 직시하고 있다. 어떠한 공간도 개별화, 관념화되어 있지 않다. 즉, 당대적 삶의 모습이 그대로 나타나 있는 것이다. 효석이 좀 더 작품활동을 했더라면 그의 작품이 갖게 되었을지도 모를 발전적 변화를 시사하는 작품이라 할 만하다.

이상에서 이효석의 공간인식의 문제를 공간인식과 공간층위, 공간

지향, 공간인식과 현실대응의 측면에서 살펴보았다. 그 결과 다음과 같은 결론에 이를 수 있었다.

그의 공간인식은 공간층위별로 고정되어 있어서 '도시적 공간=갈등과 소외의 공간', '자연적 공간', '고향의 공간=자아동일적 공간'이라는 대립적 등식으로 나타난다. 그는 자연적 공간, 과거적 공간, 고향의 공간을 내면공간화하고 그 공간에 정주하고 안주하려 한다. 이러한 공간들은 기지의 공간, 과거적인 공간, 내면공간이며, 안의 공간이다. 즉, 효석은 타자와 상호작용하는 도시적 공간(밖의 공간)에서 타자와의 관계가 무화되거나 배제된 안의 공간으로 지향하는 구심적 공간지향을 보여준다고 할 수 있다. 이효석이 내면공간 속에 안주해버리는 태도는 자아와 세계의 부조화를 구조적 기저요인으로 삼는 소설의 세계를 떠나는 것이다. 더욱이 극심한 민족적 부조리를 겪고 있었던 식민지 현실에서는 그것은 명백한 현실도피적인 태도였다.

3. 김유정 소설의 공간

지금까지 있어왔던 김유정 문학에 대한 기존의 연구경향은 다음과 같이 나눌 수 있을 것이다. 첫째, 김유정의 현실인식을 높이 평가하여, 그의 작품에는 사회인식과 역사적인 상황인식이 짙게 배어 있다는 논점,[41] 둘째, 앞의 견해와는 반대로 사회의식이나 역사의식이 없는 작가라는 주장,[42] 셋째 유정문학의 연구가 비교적 활발하게 일어나기 시작했던 60년대부터 현재에 이르기까지 지속적으로 지적되고 있는 해학과 토속의 신비스러운 결합, 나아가 풍자와의 관련에 이르는 연구,[43] 넷째, 작품 그 자체를 구성하고 있는 언어구조에 대한 연구와 문체에 대한 연구로서의 업적[44] 등이다. 본고에서는 이러한 연구결과가 공간의 문제에 있어서는 어떤 양상으로 나타나는지 살필 것이다.

---

41) 신동욱, 「김유정고」, 『현대문학』, 1969년 169호; 김병익, 「땅을 잃어버린 시대의 언어」, 『문학사상』, 1974년 22호; 김주연, 『문학비평론』, 열화당, 1974; 김영화, 「김유정의 소설연구」, 국문학논문선 10집, 민중서관, 1977; 김윤식, 『한국현재소설사』, 선명문화사, 1968.

42) 김우종, 『한국현대소설사』, 선명문화사, 1968; 구인환, 「김유정 소설의 미학」, 국문학논문선 10집, 현대문학사, 1968.

43) 김영기, 「김유정 문학의 본질」, 『김유정 전비』, 현대문학사, 1968; 이재선, 『한국단편소설연구』, 일조각, 1972; 정한숙, 「해학의 변이」, 고대인문논집 17집, 고려대학교, 1972; 장덕순, 『한국문학사』, 동화출판사, 1975; 이주일, 「유정문학의 향토성과 해학성」, 국어국문학, 1980; 조건상, 「김유정과 채만식소설의 특질-해학과 풍자의 거리」, 도남학보, 1980.

44) 김상태, 「생동의 미학」, 『현대작가연구』, 민음사, 1976; 김용직, 「반산문적 경향과 토속성」, 『문학사상』 22호, 1974; 윤홍로, 『한국근대소설연구』, 삼영사, 1977; 구인환, 『한국근대소설연구』, 삼영사, 1977; 윤병로, 『현대작가론』, 이우출판사, 1983.

1) 공간층위와 공간인식

효석의 공간인식이 이분법적으로 고정되어 있음은 앞장에서 서술한 바이다. 즉, 효석의 공간인식에는 '도시적 공간=갈등과 소외의 공간', '자연적 공간=자아동일적 공간'이라는 이분법이 고정되어 나타난다. 그러나 유정의 공간인식에는 이러한 이분법이 발견되지 않는다. 유정에게 있어서는, 어떤 특정한 공간은 부정적이며, 또 다른 특정한 공간은 긍정적인 것으로 나타나지 않는다는 것이다. 물론 부분적으로 이러한 이분법이 발견되지 않는 것은 아니다. 가령 「산골」에서 산이라는 자연적 공간과 마을이라는 도시적 공간은 대립되어 있다.

> 산과 마을은 이러한 사랑(이쁜이의 도련님에 대한 사랑-괄호는 필자)의 성격을 드러낼 수 있는 공간성으로 이바지하고 있으면서, 한편으로는 자연성과 인위성이라는 대립적 조건도 드러낸다. 때문에 ①산에서 사랑의 심리적 흐름을 자연스럽게 드러낼 수 있는 반면에, ②마을에서는 이들의 사랑을 방해하는 신분적 차이가 확인되고 인위적 체형까지 더해지는 것이다.[45]

또한, 「동백꽃」과 「가을」에서도, 마을에서 일어난 갈등이 산기슭의 동백숲과 산골의 고갯마루에서 각각 화해된다는 점에서 이분법적인 공간인식이 나타난다고 할 수 있다. 그러나 이러한 이분법은 유정의

---

45) 김중하, 「소설의 공간성 연구 시론」, 태야 최동원 선생 회갑기념논총, 1983, p.550.

전체 작품을 대상으로 할 때 보편성을 획득하지 못한다. 유정의 작품에서 자연적 공간이 화해의 공간으로만 나타나는 것이 아니라 갈등의 공간으로도 나타나기 때문이다.

깊은 산속으로 우중충한 둘 틈바귀로 잔약한 몸으로 맨 발에 짚신짝을 끌면 강파른 산등을 타고 돌려면 젖 먹던 힘까지 녹아내리는 듯 진땀이 머리로부터 발끝까지 흘러내린다.
아랫도리를 단 외겹으로 두른 낡은 치맛자락은 다리로, 허리로 척척 엉기어 걸음을 방해하였다. 땀에 불은 종아리는 거칠은 숲에 긁혀 매여 그 쓰라림이 말이 아니다. 게다가 무거운 흘내는 숨이 탁탁 막히도록 가슴을 찌른다. (…) 때로는 바위도 기어올랐다.
정히 못 기어오를 험한 곳이면 칡덩굴에 매어달리기도 하는 것이었다. 땟국에 절은 무명 적삼은 벗어서 허리춤에다 꾹 찌르고는 호랑이 숲이라 이름난 강원도 산골에 매어달려 기를 쓰고 허비적거린다.

-「소나기」 중에서

이때의 자연적 공간은, "검붉은 볼기짝을 사양없이 내보이는 칡덩굴이 그를 본다면 배를 움켜쥐어도 다 못 볼 것이다." 등과 같은 유정 특유의 해학이 가미되어 있다고 하더라도, "삶에 발버둥치는" 공간이며, 인간과 대립된 공간의 모습이다. 효석의 자연적 공간에서는 찾아보기 어려운 모습이다. 다시 말해, 유정의 전체 작품에서 도시적 공간과 자연적 공간은 이분법적으로 고정되는 것이 아니다. 오히려 어떤 특정한 공간에 대한 유정의 공간인식은 고정적이지 않고 다중적이며 가변적이다. 그것은 「소나기」에서 동일한 공간이 다음의 ①, ②와 같이 이중적으로 나타나는 것과 같을 것이다.

①음산한 검은 구름이 하늘에 뭉게뭉게 모여드는 것이 금시라도 비 한줄기 할 듯하면서도 여전히 짓궂은 햇발은 겹겹 산속에 묻힌 외진 마을을 통째로 자실 듯이 달구고 있었다. 이따금 생각나는 듯 살매들린 바람은 논밭간의 나무들을 뒤흔들며 미쳐 날뛰었다.
뫼 밖으로 농군들을 멀리 품앗이로 내보낸 안 말의 공기는 쓸쓸하였다. 다만 맷맷한 미루나무 숲에서 거칠어 가는 농촌을 읊는 듯 매미의 애끓는 노래

-「소나기」 중에서

②밤새도록 줄기차게 내리던 빗소리가 아침에 이르러서야 겨우 그치고 점심 때에는 생기로운 볕까지 들었다.
쿨렁쿨렁 눈물나는 소리는 요란히 들려온다. 시내에서 고기 잡는 아이들의 고함이며, 농부들의 희희낙락의 메나리도 기운차게 들린다. 비는 춘호의 근심도 씻어 간 듯 오늘은 그에게도 즐거운 빛이 보였다.

-「소나기」 중에서

①과 ②는 거의 동일한 공간에 대한 이중적인 인식태도를 보여준다. ①은 주인공 춘호가 노름 밑천을 구하지 못한 암담한 상황에서의 부

정적인 공간이며, ②는 드디어 그 노름 밑천을 마련하게 된 희망적인 공간이다. 물론, 이 공간을 바라보는 시각이 등장인물의 것인지 함축적 화자의 것인지 분명하지 않지만, 동일한 공간의 이중적인 인식태도는 명백하다. 이러한 동일한 공간의 이중적인 인식태도를 보여주는 예를 몇 더 들어 보이면 다음과 같다. 「땡볕」에서 병원으로 가는 길은 돈과 직장을 얻게 되리라는 기대가 어린 희망의 공간이고, 병원에서 돌아오는 같은 길은 절망의 공간이 된다. 또한 「솥」에서 술집은 근식에게 있어 계숙과 함께 들병이의 새로운 삶을 찾아 나서려는 희망의 공간이었다가 들병이의 본 남편의 출현으로 인하여 절망의 공간이 된다. 「야앵」에서 꽃구경을 하러 나선 벚꽃길은 정숙이 딸아이에 대한 그리움으로 울게 되는 슬픔과 갈등의 공간이었다가 돌아 나오는 벚꽃길은 만남의 감격으로 울게 되는 기쁨과 희망의 공간이 된다. 「금따는 콩밭」에서도 금을 파는 구덩이는 영식 부부에게 일확천금의 꿈을 간직한 희망의 공간이었다가 금이 나오지 않음으로 절망의 공간이었다가, 수재의 거짓말에 의해 의사희망적인 공간이 된다. 「연기」에서도 방이라는 동일한 공간이 일확천금을 하게 되는 꿈의 공간이었다가 누나에게 구박을 받는 현실의 공간이 된다.

이와 같이 유정의 작품에서는 동일한 공간이 갈등과 소외의 공간이 되기도 하고 자아동일성의 공간이 되기도 한다. 동일한 공간에 대한 이러한 이중적인 태도는 다양한 상황과 공간을 취급하는 작가의 전체 작품에서 보자면 당연한 현상일런지도 모르지만, 효석과의 비교적인 측면에서 논하자면 유정의 이 점은 두드러진다. 효석에게서는 이러한 이중적인 공간인식이 거의 발견되지 않는다. 이러한 공간인식의 양상은 효석의 인물들이 '영혼이 외부세계보다 넓은' 인물이어서 외부공간을 내면의식화하여 그 내면의식 쪽으로 공간을 수렴시키는 데 비해, 유정의 인물들은 '영혼이 외부세계보다 좁은' 인물이어서 내면감정을 외부공간에 투사시키고 확대시킨다는 사실을 알게 한다. 즉, 유정의 작품에서는 효석에게처럼 공간의 변이가 인물의 의식을 변화시키는 것이 아니라, 인물의 의식 변화가 공간의 성격을 변화시킨다. 앞에서 예로 든 「소나기」에서 ①과 ② 공간은 춘호의 심적 상태와 긴밀한 연관관계를 맺고 있다. ①에서처럼 춘호가 욕망에 장애를 가져 갈등을 일으키고 있을 때 공간의 모습은 부정적이고, ②에서처럼 아내가 이주사에게 몸을 맡긴 대가로 그 욕망의 장애가 제거되었을 때는 희망적이다. 이것은 곧 인물의 내면감정이 외부공간에 투사되고 확산됨을 의미한다. 이것은 또한 효석이 내면공간에 관심을 가지는 데 비해 유정이 외부공간에 관심을 가지고 있음을 알게 한다. 이 점은 「3)공간인식과 현실대응」에서 다시 설명할 것이다.

그런데 유정의 이러한 가변적인 공간인식에도 불구하고 유정의 작품에서 모든 공간층위는 갈등과 소외의 공간으로 나타난다. 「봄봄」, 「동백꽃」에서처럼 화해와 자아동일적인 공간이 나타나지 않는 바는 아니지만, 부정적인 공간이 지배적이다. 주거적 공간, 도시적 공간, 자연적 공간을 막론하고 거의 모든 공간층위에서 그러하다.

먹물같이 짙은 밤이 내리었다. 비는 더욱 소리를 치며 앙상한 그들의 방

벽을 앞뒤로 울린다. 천장에서 비는 새지 않으나, 집 지은 지가 오래되어 고래가 물러앉다시피 된 방이라 도배를 못한 방바닥에는 물이 스며들어 귀축축하다. (…) 석유불은 없어 캄캄한 바로 지옥이다. 벼룩이 사방에서 마냥 수물거린다.

-「소나기」 중에서

땅속 저 밑은 늘 음침하다.
고달픈 간드렛불, 맥없이 푸르께하다. 밤과 달라서 낮엔 되우 흐릿하였다. 겉으로 황토 장벽으로, 앞뒤 좌우가 콕막힌 좁직한 구덩이. 흡사히 무덤 속같이 귀중중하다. 싸늘한 침묵, 쿠더부레한 흙내와 징그러운 냉기만이 그 속에 자욱하다

-「금따는 콩밭」 중에서

뽑아줄 사이가 없어 풀들은 뜰에 엉켰다. 흙이 드러난 지붕에서 망초가 휘어청 휘어청 바람은 가끔 찾아와 싸릿문을 흔든다. 그럴 적마다 문은 을씨년스럽게 삐이꺽 삐이꺽.

-「만무방」 중에서

방은 외풍이 몹시도 세었다. 주인이 그악스러워 구들에 불도 변변히 안 지핀 모양이다 꺼칠한 공석자리에 등을 붙이고 사시나무 떨듯 대구 떨었다.

-「솥」 중에서

> 메주 뜨는 냄새와 같이 퀴퀴한 냄새로 방안은 쾨쾨하다. 옷간에는 쥐들이 찍찍거린다. (…) 가뜩이나 침침한 반짝 등불이 북쪽 지게문에 뚫린 구멍으로 새어드는 바람에 번득이며 빛을 잃는다.
>
> -「산골 나그네」 중에서

유정의 공간인식은 거의 모든 공간층위에서 부정적이다. 이것은 결국 유정이 효석처럼 자아동일적 공간을 설정하지 않는다는 사실을 알게 한다. 유정의 작품에서는 자아동일적인 공간이 설정된다 하더라도 그 공간은 결국 타자와의 갈등과 소외의 공간으로 바뀌거나, 그렇지 않고 남아 있는 자아동일적 공간도 여전히 갈등과 소외를 내포하고 있는 구조적 모순의 의사자아동일적 공간이다. 즉, 백일몽적인 정위공간인 것이다. 「소나기」에서 춘호 부부가 꿈꾸는 서울, 「산골」에서 이쁜이가 꿈꾸는 도련님이 계신 서울, 「솥」에서 근식이가 꿈꾸는 들병이와의 생활공간, 「연기」에서 내가 꿈꾸는 꿈속의 공간 등은 모두 이러한 의사정위공간이 되는 것이다. 구조적으로 거기에 도달할 수 없는 정위공간인 것이다. 그리고 이러한 의사자아동일성 공간마저도 유정은 도시적 공간 위에 설정한다. 효석이 안으로의 자연적 공간에 정위공간을 설정하는 데 비해 유정은 타자와의 관계 속에서 부단히 갈등을 일으키게 되는 밖으로의 도시적 공간에 의사자아동일성 공간을 설정하고 있다. 그리고 위의 예에서처럼 유정은 특히 안으로의 주거적 공간을 부정적으로 인식하고 있음을 보여준다. 이것은 유정의 주거적 공간이 도시적 공간의 성격을 내포하고 있음을 의미한다. 「따라지」 등의 작품에서 나타나는 주거적 공간은 개인적인 공간이 아니라, 여러 세대가 함께 갈등하며 어울려 살아가는 도시적 공간의 모습을 닮아 있다. 도시적 공간은 타자와의 갈등과 소외의 문제를 내포하는 본래적 성격이 있기 때문에 유정의 주거적 공간과 자연적 공간이 모두 타자와의 갈등을 내포한다는 점에서 도시적 공간을 닮아 있다. 이는 효석의 자연적 공간이 주거적 공간을 닮아 있으며 자아동일적 공간으로 나타나는 것과 비교, 음미해볼 만하다. 즉, 효석의 관심이 도시적 공간을 떠나 자아동일성의 주거적 공간을 닮은 안으로의 자연적 공간으로 옮겨지는 데 비해, 유정의 관심은 주거적 공간과 자연적 공간을 떠나 밖으로의 도시적 공간으로 옮겨지고 있다.

2) 원심적 공간 지향

「따라지」에서 영애와 아끼꼬가 방문의 구멍을 통하여 바깥을 내다보는 장면이 있다. 그리고 이 구멍을 통하여 보이는 바깥풍경이 이 작품의 주요한 부분을 차지하고 있다.

> 이것은 아끼꼬가 안채의 기맥을 정탐하는 썩 필요한 구멍이었다. 뿐만 아니라 저녁 나절에는 재미스러운 연극을 보는 한 요지경도 된다. 어느 때에는 영애와 같이 나란히 누워서 베게를 베고 하나 한 구멍씩 맡아 가지고 구경을 한다.
>
> -「따라지」 중에서

이때 바깥은 집 안이라는 주거적 공간이지만, 모두 따라지 신세들인 여러 세대가 함께 생활하면서 갈등과 사건을 일으키는 도시적 공간을 닮아 있다. 이러한 안에서 밖으로의 공간확산이 유정의 공간지향의 모습을 살피는 데 중요한 실마리를 제공한다. 유정이 관심을 가지는 공간은 이와 같이 안이 아니고 바깥이다. 그래서 유정의 인물들은 결코 안으로의 한 정점의 공간에 정주하고 머무르지 않는다. 그들은 끊임없이 타자와의 관계 속에서 갈등과 소외를 일으키는 바깥의 공간으로 나아가기를 주저하지 않거나, 그러한 공간으로 지향하는 구조 속에 있다.

> 거반 오정이나 바라보도록 요때기를 들쓰고 누웠던 그는 불현듯 몸을 일으키어가지고 대문 밖으로 나섰다. 매캐한 방구석에서 혼자 뻑을 만치 복다가 열벙거지가 벌컥 오르면 종로로 뛰어 나오는 것이 그의 버릇이었다.
>
> -「심청」 중에서

「솥」에서 근식은 아내를 속여 세간을 들병이 계숙에게 빼내준다. 그리고 급기야는 아내와 아이를 버리고 계숙과 떠날 궁리로 안달이 난다. 이것은 집이나 가정이라는 안의 공간의 분열과 바깥으로의 공간확산의 의지이다. 효석이 「메밀꽃 필 무렵」에서 보여주고 있는 육친의 되찾음과 가족의 형성과는 정반대의 양상을 보여주고 있는 것이다. 유정에게 있어서 집이나 가정 등의 주거적 공간은 효석에게처럼 돌아옴의 대상으로서의 공간이 아니라, 떠남의 대상으로서의 공간으로 나타난다. 이러한 공간확산의 구조는 유정의 작품에서 일관되게 나타난다. 즉, 유정의 주인공들은 어느 일정한 공간에 뿌리내리고 정주하려고 하지 않는다. 끊임없이 바깥으로 떠나려는 몸짓을 보여주고 있다. 즉, 그들은 현재 자신들이 처해 있는 공간을 자기 나름대로 부정적인 것으로 파악하고 그 공간을 떠나고자 한다. 「소나기」에서 춘호 부부는 '진저리나는 이 산골을 떠나' 서울로 가는 꿈에 부풀어 있다. 그리고 나름대로 서울이라는 공간을 그려보는 것이다.

그는 남편에게 서울의 화려한 거리며, 후한 인심에 대하여 여러 번 들은 바 있어 일상 안타까운 마음으로 몽상은 하여 보았으나 실지 구경은 못하였다. 얼른 이 고생을 벗어나 살기 좋은 서울로 가고 싶은 생각이 간절하였다.

-「소나기」 중에서

「산골」의 이쁜이도 도련님이 있는 서울로 떠나는 소망을 간직하고 있다. 특히 「산골나그네」에서 나그네의 떠남은 구성에 있어서도 중요한 사건이 되지만, 공간의 구조에 있어서도 중요한 의미를 가진다. 덕돌의 집은 나그네에게 있어 충분히 정주의 공간이 될 가능성이 있다.

"어머니도 사람은 좋아유… 올해 잘만 하면 내년에는 소 한 마리 사 놓게 구 농사만 해두 한해에 쌀 넉 섬, 조 엿 섬, 그만 하면 고만이지유…"

-「산골 나그네」 중에서

그리고 실제로 나그네는 정주의 몸짓을 취해 덕돌과 혼인하게 된다. 그러나 혼인한 지 며칠 만에 나그네는 남몰래 떠나버린다. 덕돌의 집은 나그네에게 있어 정주의 공간이 되지 못하는 것이다. 그것은 잠시 머물러 가는 공간이며 끝없는 공간확산의 과정 중의 한 점에 불과한 것이다. 이와 같이 유정의 공간구조는 확산의 구조이며 떠남의 구조인 것이다. 효석의 그것이 수렴의 구조이며 돌아옴의 구조인 것과 비교할 수 있다. 산골 나그네와 유사한 떠남의 공간전환을 이루고 있거나, 그러한 공간전환을 소망하고 있는 인물들이 유정의 작품에서 예외 없이 발견되는 것은 이러한 유정의 공간구조에 기인한다.

> 그러나 년이 떡국이 농간을 해서 나보담 한결 의뭉스럽다. 이깐 농사를 지어 뭘 하느냐? 우리 들병이로 나가자, 고. 딴은 내 주변으로 생각도 못했던 일이지만 참 훌륭한 생각이다.
>
> -「안해」 중에서

> 오늘밤에는 이놈을 다리를 꺾어 놓고 내일쯤은 봐서 설렁설렁 뜨는 것이 옳은 일이겠다. 이 산을 넘을까 저산을 넘을까 주저거리며 속으로 점을 치다가…
>
> -「만무방」 중에서

> 내가 아내를 갖든지 그렇지 않으면 이놈의 신당리를 떠나든지 이러는 수 밖에 별도리가 없으리라고 마음을 먹고는 내 방으로 부루루 들어와 이부

자리며 옷가지를 거듬거듬 뭉치고 있는 것을 한옆에서 수상히 보고 서 있던 주인 노파가 눈을 찌긋이 그 왜 짐을 묶소, 하고 묻는 것까지도 내 맘을 제대로 몰라 주는 듯하여 오직 야속한 생각만이 들 뿐으로, 난 오늘 떠납니다, 하고 투박한 한 마디로 끊어 버렸다.

-「슬픈 이야기」 중에서

"아씨, 전 오늘 이사를 가겠어요."하고 어멈이 앞으로 다가선다. 아씨는 어떻게 되는 속인지 몰라서 떨떠름한 낯으로, "어떻게 그렇게 곧 떠나게 됐나?"
"네! 앞다리도 다 정하고 해서 지금 이삿짐을 옮기려구 그래요."

-「정조」 중에서

"영득 어머니 잘 가게유."
"아재 잘기슈."
이 말 한마디만 남길 뿐 그는 앞장을 서서 사랫길을 살랑살랑 달아난다. 마땅히 갈길을 떠나는 듯이 서둘며 조금도 섭섭한 빛이 없다.

-「가을」 중에서

오늘밤에는 꼭, 정녕코 꼭 달아나리라 생각하였다.
거짓말이란 오래 못 간다. 봉이 나서 뻐다귀도 추리기 전에 훨훨 벗어나는 게 상책이겠다.

-「금따는 콩밭」 중에서

그리고 유정의 인물들이 공간확산의 구조 속에 있다는 것은 그들이 작품 내의 서술적 현재 공간에 오게 된 것도 공간전환의 결과라는 사실이다. 「소나기」에서 춘호는 3년 전에 고향을 떠나 이곳에 온 것으로 되어 있다.

> 그는 자기의 고향인 인제를 등진 지 벌써 삼 년이 넘었다. 해를 이어 흉작에 농작물은 말 못 되고 따라 빚쟁이들의 위협과 악다구니는 날로 심하였다. 마침내 하릴없이 집 세간을 그대로 내버리고 알몸으로 밤도주하였다. 살기 좋은 곳을 찾는다고나 어린 아내의 손목을 끌고 이산 저산을 넘어 표랑하였다.
>
> -「소나기」 중에서

「만무방」의 응칠이도 서술적 현재 공간에 오게 된 것은 한 달 전이다.

> 응칠이가 이 동리에 들어온 것은 어느덧 달이 넘었다. 인제는 물릴 때도 되었고, 좀 떠보고자 생각은 간절하나 아우의 일로 말미암아 망설이고 있는 중이었다.
> 그는 오라는 데는 없어도 갈 데는 많았다. 산으로 들로 해변으로 발부리 놓이는 곳이 즉 가는 곳이다. (…) 이렇게 하여 강원도 어수룩한 산골로 이리 넘고, 저리 넘고 못 간 데 별로 없이 유람 겸 편답하였다.
>
> -「만무방」 중에서

「동백꽃」의 '나'의 집도 외지에서 점순네 마을로 이사 온 지 얼마 되지 않은 것으로 되어 있다. 「정조」도 행랑어멈네가 외지로부터 들어왔다가 다시 떠나는 구조로 짜여 있다. 이와 같이 유정의 공간구조는 외지로부터 서술적 현재 공간으로 옮겨오고, 다시 다른 공간으로의 공간전환을 일으키거나 소망하는 구조로 되어 있다. 이를 도표로 보이면 다음과 같을 것이다.

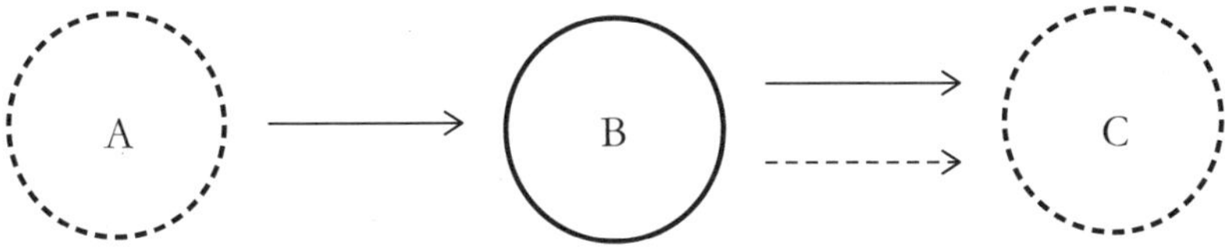

A는 서술적 현재 공간으로 옮겨오기 전의 공간이며, B는 서술적 현재 공간이다. C는 「소나기」나 「산골」에서의 서울이거나, 「안해」, 「솥」에서 들병이의 생활공간처럼 구체적으로 제기되기도 하고, 공간전환의 결과 확보되는 막연한 어떤 공간으로 나타나기도 한다. 이 공간이 유정의 인물들이 지향하는 자아동일성의 공간이다. 즉, 유정의 인물들은 B에서 C로의 공간전환을 지향하고 있으며, 이러한 공간전환은 「산골나그네」, 「슬픈 이야기」, 「가을」, 「정조」 등에서처럼 실제로 일어나기도 하며, 「소나기」,「금따는 콩밭」, 「만무방」, 「산골」, 「안해」 등에서처럼 그 소망만 나타나기도 하며, 「솥」에서처럼 일보직전에서 좌절되기도 한다. 여기서 C의 공간은 자아동일적 공간으로서의 미지의 공간, 미래적

인 공간이다. 그러므로 미지적, 미래적인 관념을 포함한다는 점에서 이 공간은 안으로의 공간이 아니라 바깥으로의 공간이다. 그래서 이 공간으로의 지향은 유정의 공간구조가 밖으로의 확산적인 구조임을 알게 한다. 그 전형적인 예가 「산골 나그네」이다. 즉, 유정의 인물들은 거의가 어느 한 정점에 뿌리내리고 정주하는 인물이 아니다. 그들은 뿌리 뽑힌 채 떠돌고 있는, 끝없는 유랑의 길 도중의 한 모습을 우리에게 보여주고 있다. 이 점은 부단히 어느 한 정점의 공간으로 회귀하려는 효석의 인물들과 비교된다.

그리고 유정의 인물들이 지향하는 자아동일적인 공간은, 그 인물에게는 자아동일적이지만, 사실은 자아동일적인 공간이 아닌 의사자아동일성 공간이다. 그들이 기대하는 공간은 백일몽적인 공간이다. 그들이 지향하는 자아동일적 공간은 현재적 공간보다 더 도시적 공간의 성격이 강한 바깥으로서의 공간이며, 타자와의 갈등이 구조적으로 내포된 공간이기 때문에 그들이 기대하는 자아동일성이 획득될 가능성이 희박하다는 점에서 그러하다. 가령, 「솥」의 근식과 「안해」의 부부가 꿈꾸는 들병이의 생활공간, 「소나기」의 춘호 부부가 꿈꾸는 서울공간이 그들의 기대대로 자아동일적이 될 가능성은 희박하다. 그것은 그들의 기대가 그들의 무지하고 순진하고 단순한 성격에서 나왔기 때문이다. 그들이 지향하던 그 공간으로의 공간전환을 가졌다 하더라도 그들은 여전히 지금 이 현재적 공간에서의 모습으로밖에 생활하지 못하리라는 느낌을 준다. 여기에서 인물의 태도와 작가의 태도 사이에 아이러니한 거리가 있음을 알 수 있다. 이 거리가 해학을 발생시키는 것이다.

이처럼 유정의 소설에서는 자아동일적인 공간이 근본적으로 존재하지 않는다. 효석의 인물들이 자아동일적인 공간을 확보해나가는 데 비해 유정의 인물들은 번번이 그것에 실패한다.

「산골 나그네」의 덕돌과 덕돌모, 「총각과 맹꽁이」의 덕만 등이 가족의 형성에 실패하는 경우가 대표적일 것이다. 그러므로 그의 소설은 "비화해적인 세계를 다루고 있다"[46]고 할 수 있으며, 그의 소설에서 화해적인 결말로 끝나는 작품이 아주 드문 것도 이러한 이유에서일 것이다.

이상에서 유정의 관심이 효석과는 달리 밖으로 향해 있으며, 바깥으로의 공간확산을 병행하고 있음을 보았다. 이러한 밖의 공간지향과 공간의 확산적인 양상은 유정이 원심적인 공간지향의 태도를 가지고 있음을 말해준다. 유정의 공간 구조가 확산적임은 유정의 소설이 갖는 또 다른 공간구조의 양상으로도 뒷받침된다. 즉, 그의 소설들은 대체로 언술된 길이에 비해 공간의 변이 빈도가 상대적으로 높은 경우가 지배적이라는 것이다. 대표적으로 「만무방」은 짧은 단편 형식에서 산골-산길-술집-응오의 집-무밭, 개울, 둔적-친구의 집-산고개(노름터)-응고개 논-공동묘지 근방 등 무려 9개의 공간 분절로 변이한다. 여기서 말하는 공간 분절은 인물의 행위가 현재적으로 언술된 공간적 배경을 대상으로 하는 것이지만, 짧게 제시된 공간의 변이까지 합하면 그 횟수는 더 증가할 것이다. 「총각과 맹꽁이」는 더 짧은 형식이지만, 밭-집으로 가는 길-집-몽태의 집-콩밭-집으로 돌아오는 길 등의 많

46) 김윤식 · 김현, 『한국문학사』, 민음사, 1984, p.199.

은 공간 분절이 나타난다. 이러한 사정은 다른 작품에서도 마찬가지이다. 이처럼 공간의 변이 빈도가 높은 것은 그만큼 유정의 인물들이 행동적임을 말해준다. 사실 유정의 인물들은 끝없이 외부공간으로 행동해 들어간다. 무지하고 단순한 사고에서 나온 기대감을 가지고 과감하게 미지의 공간으로 행동해 들어가는 것이다. 그들은 하다못해, 「금따는 콩밭」에서처럼 땅속으로까지 파고들어가 보는 것이다.

> "왜 또 파. 이것들이 미쳤나 그래!"
>
> 산에서 내려오는 마름과 맞닥뜨렸다. (…) "말라니까 왜 또 파는 게야."
>
> 하고 영식이의 바지게 뒤를 지팡이로 꽉 찌르더니,
>
> "갈아먹으라는 밭이지, 흙 쓰고 들어가라는 거야, 이 미친 것들아."
>
> -「금따는 콩밭」 중에서

이러한 행동의 확산은 유정의 공간구조를 확산적인 구조로 만들며, 유정의 인물들이 내면의식에 침잠하기보다는 외부세계로 관심을 확대시키고 내면의식을 외부공간으로 투사시켜나가는 영혼이 세계보다 좁은 인물임을 알게 한다.

유정의 원심적 공간지향의 모습을 확인할 수 있는 또 하나의 근거는 그의 작품들이 가지는 공간적 열린 구조이다. 효석의 소설이 대단원과 함께 공간도 닫혀버리는 닫힌 구조인 데 비해, 유정의 작품은 대단원 후에 인물의 또 다른 시도와 함께 새로운 공간전환이 있으리라는 기대를 가지게 하는 열린 구조로 되어 있다. 유정의 인물들은 작품의 결미를 서술적 현재공간에서 머무르지 않고 다시 어딘가로 공간전환을 일으키리라는 느낌을 주는 것이다. 앞의 도표에서 보인 바, B에서 C로, 혹은 C에서 D로 나아가고자 하는 지향을 보일 것이라는 느낌을 주는 것이다. 「산골 나그네」의 나그네는 미지의 마을로 떠날 것이고, 「솥」의 근식은 다시 아내와 집을 버리고 달아날 궁리를 할 것 같고, 「만무방」의 응칠은 다시 어디론가 훌쩍 떠날 것 같고, 「가을」의 소장수와 '나'는 복만의 처를 찾아서 덕냉이로 떠날 것 같은 느낌을 주는 것이다. 이 모든 것이 가능성의 공간 위에 펼쳐져 있다. 이러한 공간의 확산은 원심적인 구조에 의해서 자연스럽게 기대되는 것이다.

이상에서 유정의 소설에 나타난 공간구조와, 공간확산적이며 원심적인 공간지향의 모습을 확인해보았다. 이러한 원심적 공간지향의 요인은 인물이 자신이 위치한 현재적 공간을 부정적인 것으로 파악하는 데 있다는 것도 밝혔다. 즉, 현재공간을 갈등과 소외의 공간으로 보고 새로운 공간으로의 공간전환을 꿈꾸는 것이다. 그러나 그 공간전환의 방법 또한 부정적이다. 부정적인 공간을 부정적인 방법으로 떠나고자 하는 것이다. 이 점은 유정의 현실대응적인 측면을 설명하는 중요한 단서가 될 수 있다. 여기에 대한 상술은 3)에서 이어질 것이다.

3) 공간인식과 현실대응

이상에서 김유정이 밖이라는 도시적 공간에 자아동일적 공간을 설정하고, 미지의 공간, 미래적 공간으로 떠나 행위와 의식을 확산시켜나가는 원심적 공간지향의 양상을 보이고 있음을 확인해보았다. 그는 단순한 내면의식을 외부공간화하며 외부세계로 관심을 확산시킨다. 즉, 타자와의 관계가 무화되고, 개별화된 공간에 관심을 가지기보다는 타자와 상호작용하는 도시적 공간에 관심을 가진다.

유정의 인물들이 타자와 상호작용하는 도시적 공간에 주로 정위하며, 그 도시적 공간으로 행동을 확산시켜나가고 있음은 현실에 대한 유정의 관심을 표현한다. 그는 효석처럼 내면공간이나 자아동일적 공간을 가지지 않는다. 간혹 자아동일적 공간이 나타나는 경우도 있지만, 그 공간은 애초부터 갈등과 소외의 공간으로 바뀔 가능성을 구조적으로 내포하고 있는 의사자아동일적 공간이다. 그 의사자아동일적 공간마저 도시적 공간 위에 설정되어 있다. 즉, 그는 내면공간에 관심을 가지지 않으며, 갈등과 소외를 일으키는 외부공간에 관심을 가진다. 이것은 유정이 대타자적인, 대사회적인 인식이 강하다는 의미이다. 그의 시선은 조금도 안의 공간에 머물러 있지 않는다. 타인과 함께 살아가며 갈등을 일으키는 외부세계로 열려 있다. 그런데, 이러한 외부현실에 대한 그의 인식은 부정적이다.

그의 인물들은 대부분 현재적 공간을 부정적으로 파악하고 있다. 자신들이 겪게 되는 갈등과 소외가 어디에서 연유하는지에 대해서 단순하지만 나름대로 판단하려 한다. 이 현실공간에 대한 파악이 관념적이고 피상적인 효석에 비해 그들의 판단은 단순하지만 구체적이다. 특히 「만무방」과 같은 작품에서는 식민지 현실의 구조적 모순에 대한 인식에 이르고 있다. 어쨌거나 그들은 현재적 공간을 벗어나고자 나름대로 사고하고 행동한다. 그러나 그들이 부정적인 현재적 공간을 벗어나고자 택한 방법 또한 부정적인 방법이다. 그러므로 혹자는 이러한 태도를 "타락한 사회에서는 타락한 방식으로 진정한 가치를 추구한다"[47]는 말을 빌려 리얼리즘적인 태도로 보기도 한다.[48] 확실히 이러한 현실인식 방법은 리얼리즘적이다. 여기에서 적극적 지향성만 가졌다면 풍자로 발전할 가능성이 충분하다. 그러나 유정의 인물들이 갖는 이러한 리얼리즘적인 현실인식 태도와 유정 자신이 갖는 태도는 차이가 있다. 그 양자는 아이러니를 이루고 있다고 할 수 있다. 유정의 작품에서는 인물과 함축적 작가 사이에 거리가 발견된다. 효석이 인물과 동정적인 거리를 유지하며 인물과의 거리가 극소화되는 데 비해, 유정은 구조적 아이러니를 통하여 인물과의 거리를 멀게 한다. 즉, 유정은 인물에게 무지와 순진, 우둔이라는 성격을 부여함으로 해서 그들이 택한 방법이 우스꽝스럽도록 장치하고 있다. 여기에서 유정의 해학이 발생하는 것이다.

유정의 인물들이 보편적인 인물로서 현재적 공간을 부정적으로 파악하고, 그 부정적인 성격에 의해서 역시 부정적인 방법으로 그 공간을 벗어나고자 한다고 설정되었다면 아마도 거기엔 냉소적인 현실인식이 나타났을지도 모른다. 그러나 유정의 인물들은 하나같이 무지하고 우둔하고 순진하다. 그래서 그들이 "타락한 세계를 타락한 방법으로" 벗어나려고 하면 할수록 거기엔 냉엄함보다는 웃음이 수반된다. 이 웃음

47) Lucien goldmann, *Toward a Sociology of the Novel*, trans. Alan Sheridan, London, 1975, p.6.
48) 김수남, 『김유정 문학에 대한 소설사회학적 시고』, 조선대학교 인문과학연구, 1980, p.109.

은 풍자적인 냉소가 아니라 해학적인 홍소이다. 이 홍소가 "인생을 달관한 해학"[49]으로의 가치를 가지는 것이라 하더라도, 현실대응적인 측면에서 보면 소극적인 대응 방식이다. 즉, 유정은 적극적 지향성을 가지고 리얼리즘적 태도를 심화시키지 못하고 해학에 머무른다. 따라서 김유정을 전적으로 심화된 리얼리즘적 작가로 보거나, 또 전적으로 리얼리즘적 정신이 전혀 없는 작가로 보는 것은 재고되어야 하겠다. 1930년대의 "농촌사회를 있는 그대로 보여주는"[50] 작가라는 평이 가장 타당할 듯싶다.

이상에서 김유정의 공간인식의 문제를 공간인식과 공간층위, 공간지향, 공간인식과 현실대응의 세 가지 측면에서 살펴보았다. 그 결과 다음과 같은 결론에 이를 수 있었다. 김유정의 공간인식은 고정적이지 않고 가변적이며, 인물의 심적상황이 공간의 성격을 결정한다. 그리고 그의 공간인식은 대체로 부정적인 경향이 강해서 거의 모든 공간층위가 부정적으로 나타나며, 갈등과 소외의 공간으로 나타난다. 그에게 자아동일적인 공간이 거의 나타나지 않는다. 김유정은 안의 공간을 가지지 않으며, 어떤 정점에도 정주하거나 안주하려하지 않는다. 그의 자아동일적 공간은 미지의 공간, 미래의 공간, 외부적 공간에 있다. 즉, 그는 타자와 상호작용하는 공간을 지향하는 원심적인 공간지향을 보여주고 있다. 김유정의 인물들이 타자와 상호작용하는 도시적 공간을 향하며 현재적 공간을 부정적인 것으로 파악하고 부정적인 방법으로

---

49) 조건상, 앞의 책, p.36.

50) 김윤식 · 김현, 앞의 책, p.199.

그 공간을 벗어나고자 하는 태도는 리얼리즘적인 현실인식 태도였다. 즉, 유정은 그의 인물들에게 무지하고 순진한 성격을 부여함으로써 그러한 리얼리즘적인 태도를 심화시키지 못하고 해학에 머무르고 만다.

본고에서 설정한 구심적 지향과 원심적 지향의 방향은 이효석과 김유정의 공간이 갖추고 있는 안과 밖이라는 방향을 기준으로 한 방향 설정이었다. 그러나 이 구심적, 원심적이라는 방향은 현실적 삶의 공간을 기준으로 본다면, 그 방향이 전도될 수도 있다. 그런 경우에 이효석은 그가 설정한 자아동일적 공간이 현실적 삶의 공간에서 먼 내면공간이라는 점에서 원심적 지향이라고 할 수 있고, 김유정의 공간이 보다 현실적 공간에 가깝다는 점에서 구심적 지향이라고 할 수 있다.

4. 이효석과 김유정의 공간인식의 차이

이상에서 살펴본 이효석과 김유정의 공간인식의 특성을 바탕으로 하여, 이 양자의 차이점을 상대적으로 비교, 검토하는 것도 양자의 소설적 특성을 보다 명확히 하는 데 기여하리라고 본다. 그래서 이 비교 역시 공간층위와 공간인식, 공간지향, 공간인식과 현실 대응의 측면으로 나누어 살펴보고자 한다.

1) 공간층위와 공간인식

효석의 소설에 있어서는 각 공간층위에 대한 인식적 태도가 고정적으로 나타난다. 즉, '도시적 공간=갈등과 소외의 공간', '자연적 공간=자아동일성의 공간'으로 일관되게 나타난다. 효석의 인물들은 도시적 공간에서는 갈등과 소외를 경험하며, 자연적 공간, 고향의 공간, 과거적 공간 등에서는 자아 동일성을 회복하고 있다. 이것은 결국 효석이 타자와 관계하고 상호작용하는 도시적 공간을 밖의 공간으로, 대타자적인 관계가 무화되거나 배제된 자연적 공간 등을 안의 공간으로 파악하고 있음을 드러낸다.

이에 비해, 유정의 소설에 있어서는 특정한 공간층위에 대한 인식적 태도가 고정적이지 않고 가변적이다. 즉, 유정에게 있어서는 동일한 공간층위에 대한 인식적 태도가 이중적이다. 그의 자연적 공간은 갈등과 소외의 공간이 되기도 하고 자아동일적 공간으로 인식되기도 한다.

효석이 어떤 특정한 공간에 대하여 고정적인 관념을 가지고 있다면,

유정은 그러한 고정적인 태도를 보이지 않는다. 즉, 그의 공간은 인식 주체의 심적 상황에 따라 그 성격이 변화한다. 효석의 공간인식이 고정적이라는 사실은 그의 공간인식이 관념적임을 시사한다. 즉, 효석의 공간인식은 외부공간에 대한 객관적인 성찰의 결과라기보다는 효석 자신이 가지고 있는 관념에 보다 힘입고 있는 결과이다. 이러한 관념적인 공간인식은 효석이 외부공간을 객관적으로 파악하기보다는 주관적으로 파악하고 있음을 말해준다. 효석의 외부공간은 객관적인 모습을 유지하기보다는 인물의 내면의식 속으로 수렴되어서 개별화된 모습으로 나타난다.

이에 비해 유정의 공간인식이 가변적이며 인식 주체의 심적 상황에 따라 그 성격이 달라진다는 사실은 유정의 공간인식이 효석과의 상대적 비교에 있어 보다 객관성을 확보하고 있음을 나타낸다. 효석이 외부공간을 내면의식화, 개별화시키는 데 비해 유정은 오히려 내면감정을 외부공간에 투사시켜나간다.

효석이 명백한 자아동일성의 공간을 확보하고 있는 데 비해 유정은 자아동일적인 공간의 확보에 실패한다. 유정의 공간인식은 가변적이고 이중적이면서도 그의 지배적인 인식적 태도는 부정적이다. 즉, 유정은 거의 모든 공간층위에 대하여 부정적인 시각을 보이고 있다. 이것은 효석이 가지는 자아동일적 공간이 유정에게는 없으며, 그러한 자아동일적 공간에 대한 관심도 없음을 나타낸다. 즉, 효석이 대타자적인 관계가 무화되거나 배제된 공간을 자아동일적 공간으로 삼는다면, 유정은 비록 의사자아동일적공간이긴 하지만, 오히려 대타자적인 공간

(주로 도시적 공간)을 자아동일적 공간으로 삼는다. 효석의 관심이 대타자적인 공간을 떠나 내면적인 자아동일적 공간에 집중된다면, 유정의 관심은 대타자적인 공간으로 집중된다.

이러한 공간인식의 양상은 결국 효석의 인물들이 '영혼이 외부세계보다 넓은' 인물이어서, 외부적 현실보다는 내면적 현실에 더 집착하고 있으며, 유정의 인물들은 '영혼이 외부세계보다 좁은' 인물이어서, 내면적 현실보다는 외부적 현실에 집착하며, 외부세계로 행동해 나아가고자 함을 알게 한다.

2) 공간지향

효석은 도시적 공간을 갈등과 소외의 공간으로, 자연적 공간과 고향의 공간, 과거적 공간을 자아동일적 공간으로 설정하고 끊임없이 도시적 공간에서 이 공간으로 지향하고 있음을 보여준다. 이때 자연적 공간, 고향의 공간, 과거적 공간은 인물이 정주하고 안주할, 그리고 되돌아가야 할 공간으로 나타난다. 즉, 주거적 공간의 성격을 모방하고 있다. 효석에게 있어서는 이 공간이 기지의 공간, 과거적 공간, 내면의식 속에 수렴된 안의 공간이 된다. 그래서 이 공간으로의 지향은 밖의 공간으로부터 안의 공간으로의 지향이 되며, 이것은 구심적 지향이 되는 것이다. 이 구심적 지향은 한 정점의 고정된 공간으로의 회귀와 정주를 지향하는 공간수렴을 동반하게 된다.

이에 비해 유정은 안으로의 한 정점의 공간에 정주하고 머무르지 않는다. 유정의 인물들은 결코 과거적 공간에 집합하지 않으며, 끊임없이 타자와의 관계 속에서 갈등과 소외를 일으키는 바깥의 공간으로 나아가기를 주저하지 않거나, 그러한 공간으로 지향하는 구조 속에 있다. 집이나 가정 등의 전형적인 안으로의 주거적 공간이 효석에게는 돌아옴의 대상이 되지만, 유정에게는 떠남의 대상으로서의 공간으로 나타난다. 유정은 자아동일적 공간을 설정하지 않으며, 설사 간혹 설정되어 있다 하더라도 효석처럼 도시적 공간에서 받은 갈등과 소외의 피해감을 보상받는 대상으로서의 공간이 아닌, 의사자아동일적 공간으로 설정된다. 유정의 의사자아동일적 공간은 대타자적인 성격이 더 강해서, 구조적으로 자아동일성을 획득하기 어려운 도시적 공간 위에 설정됨을 통해서도 그것을 확인할 수 있다. 유정의 공간지향은 미지의 공간, 미래적인 공간으로의 지향이자, 또한 갈등과 소외의 성격이 강한 밖의 공간으로의 지향이다. 이것은 원심적 공간지향이 되며, 이러한 지향에서는 끝없이 공간확산이 수반된다.

효석의 공간구조가 수렴의 구조이며 돌아옴의 구조라면, 유정의 그것은 확산의 구조이며 떠남의 구조이다. 단적으로, 「메밀꽃 필 무렵」이 과거적 공간의 회복과 육친의 되찾음과 가족의 형성을 지향하고, 떠돌이적 삶의 조건에서 정주와 회귀를 지향하는 구조로 되어 있는 데 비해, 「산골 나그네」는 가족의 형성에 대한 실패를 보여주고 있고, 안주와 정주의 가능성에서 다시 떠돌이적 삶으로 나아가는 구조로 되어 있음에서도 이를 확인할 수가 있다.

효석의 인물이 부단히 한 정점의 공간으로 회귀하고 정주하려고 하는 데 비해, 유정의 인물은 뿌리 뽑힌 채 떠돌고 있는 끝없는 유랑의 길 도중의 한 모습을 보여주고 있다.

효석의 작품들이 대체로 작품의 대단원과 함께 공간의 구조도 닫혀버리는 닫힌 구조로 되어 있다면, 유정의 작품들은 대단원 후에도 많은 공간전환의 가능성 속에 열려 있는 열린 구조로 되어 있다. 즉, 효석의 작품에서는 대단원 후에 독자가 상상할 수 있는 공간전환의 여지가 없고, 유정의 작품에서는 대단원 후에 또 다른 공간전환이 준비되어 있다는 상상을 불러일으키는 것이다. 이것은 결국 효석이 외부적 현실을 자기 내면의식 속에 수렴시켜서 고립화시키고 개별화시킴을 의미하며, 유정은 단순한 내면감정을 외부공간에 확산시켜나감을 의미한다.

3) 공간인식과 현실대응

효석은 자기 내면적인 자아동일적 공간을 설정하고 그 공간 속으로 몰입해 들어간다. 이러한 공간인식과 공간지향의 태도는 그가 대타자적인, 대사회적인 현실에서 자기 내면세계로 도피하고 있음을 말해준다.

이에 비해, 유정이 어떠한 자아동일적 공간을 설정하지 않으며 부단히 타자와 상호작용하는 도시적 공간으로 나아가고자 하는 원심적 지향을 보여주고 있음은 그가 대사회적인 현실인식에 관심하고 있음을 의미한다.

효석은 자아동일적 공간을 펼쳐 보이고 거기에 모든 관심을 집중시키면서도, 그 공간을 지향하게 된 갈등의 과정을 보여주지 못한다. 그가 갈등과 소외의 공간으로 파악한 도시적 공간이 어떠한 구조에서 갈등과 소외를 야기시키는가 하는 문제가 극적 구성에 의해서 드러나지 않는다. 이것은 대타자적인 공간, 대사회적인 공간에 대한 관심의 결핍이며, 대사회적인 현실인식의 피상적 관념화를 의미한다.

유정은 효석처럼 관념적 내면공간이나 자아동일적 공간을 가지지 않으며, 갈등과 소외를 일으키는 외부공간에 관심을 집중시킨다. 그의 시선은 조금도 안의 공간에 머물러 있지 않다. 타인과 함께 살아가며 갈등을 일으키는 외부세계로 열려 있다. 이것은 유정이 대타자적인, 대사회적인 현실에 대한 인식이 강함을 나타낸다.

효석과 유정은 모두 대타자적인, 대사회적인 현실에 대해서 부정적이라는 점에서는 일치하고 있다. 그러나 효석은 현실을 포기하고 자기만의 자아동일적 공간으로 도피해 들어가는 적응양상을 보이고, 유정은 오히려 그러한 부정적인 현실 속으로 더 나아간다. 유정의 적응양식은 아이러니한 점이 있다. 즉, 그는 '타락한 세계를 타락한 방법'으로 벗어나고자 하는 리얼리즘적인 적응양식을 보여주고 있는 것이다. 그러나 유정은 인물들에게 순진과 우둔이라는 성격을 부여함으로써 리얼리즘의 심화로 나아가지 못하고 해학에 머무르고 만다.

말하자면, 식민지 시대에 있어서 효석이 보여준 현실대응의 모습은 후퇴적 적응양식이었다. 효석은 식민지 현실상황하에서 위협을 피하려고 고립되거나 후퇴하고 있다. 그는 고립될 수 있고 보호될 수 있는 고립공간을 확보하게 되며, 현실적 희망을 잊기 위하여 자연적 공간이나 과거적 공간, 고향의 공간에 희망을 걸고 있는 것이다. 이에 비해 유정은 어떠한 보호의 공간을 확보하지 않으며, 오히려 자신을 고립시키려는 현실 속으로 뛰어 들어간다. 그리하여 현실이 가지고 있는 부정적인 모순에 대해서 타개의 몸짓을 취한다. 그러나 타개의 노력이 깊으면 깊을수록 현실은 점점 더 갈등과 소외의 압력을 가중시키게 된다. 유정의 인물들은 그 가중된 압력을 순진과 우둔이라는 성격적 결함 때문에 구조적으로 파악하지 못하고 단순하고 우스꽝스러운 방법으로 벗어나고자 한다. 유정이 효석과의 비교적인 측면에 있어서 현실대응의 방법이 보다 적극적이지만, 적극적 지향성을 가지고 리얼리즘적인 태도를 심화시키지 못하고 해학에 머무르고 말았다는 점에서 그는 소극적 대응 방식을 보여주고 있는 것이다.

5. 결론

본고는 1930년대 작가로서 공간인식의 문제에 있어서 뚜렷하게 대조적인 특징을 드러내었던 두 작가 이효석과 김유정의 소설을 대상으로 그들의 독특한 공간인식의 관계구조를 밝혀 그 지향의 모습을 탐색하는 것과 그들의 공간인식이 식민지 현실과 결부될 때 어떠한 소설적 의미를 가지는가 하는 점을 살피는 것을 그 목적으로 하였다.

전술한 논의를 요약하여 결론에 대신하면 다음과 같다.

1) 소설에서의 공간의 문제는 다양한 방법론에 의해서 해석되어 왔지만, 공간성과 엄격히 구별하여 소설 속에 표상된 장소적인 배경과 인식주체의 내면공간이란 의미로 개념규정을 하였다.

2) 작가는 객관적인 공간을 주관적으로 파악하여 오성을 통하여 언어로 표상한다. 그러므로 작품에 구현된 공간의 인식양상에 의해 작가의식을 들여다볼 수 있는 근거가 생기는 것이다.

3) 논의의 편의를 위하여, 현실적인 공간의 층위를 기준으로 하여 작품 내의 공간층위를 주거적 공간, 도시적 공간, 자연적 공간으로 대별하여보았다.

4) 공간에는 반드시 안과 밖이라는 방향이 갖추어지며, 이 안과 밖이라는 방향은 기지의 것과 미지의 것, 과거적인 것과 미래적인 것, 내면세계와 외부세계라는 관념을 포함한다. 그래서 기지의 것, 과거적인 것, 내면의식을 지향하면 안으로의 구심적 공간지향이 되고, 미지의 것, 미래적인 것, 외부세계를 지향하면 원심적 공간지향이 된다. 그리고 구심적 공간지향은 한 정점에 정주하고 안주하려는 공간수렴이 수반되고, 원심적 공간지향은 결코 한 정점에 머무르지 않으며 어딘가로 떠나고자 하는 공간확산이 병행된다. 또한 구심적 지향은 외부세계로 내면공간화하는 성향이 있고, 원심적 지향은 내면의식을 외부공간에 투사시켜나가는 성향이 있다.

5) 이효석은 타자와 상호작용하는 도시적 공간을 밖이라고 인식하고, 자아동일성의 공간이며 개별화된 공간인 자연적 공간, 자연과 결부된 고향의 공간, 과거적 공간을 안의 공간으로 인식하며, 그 정위공간으로 수렴되고 있음을 보여준다. 그런데 이 정위공간들은 기지의 공간이며, 과거적 공간이다. 또한 효석은 외부세계를 내면공간화하는 성향을 보여준다. 그러므로 이 공간은 안의 공간이 되며, 이 안의 공간에 정주하고 안주하려 하고 이 공간을 지향함은 구심적인 지향이 된다. 이것은 곧 효석이 내면공간에 관심을 집중시키며 그 공간에 들어앉아버리고 있음을 말한다. 즉, 타자와 상호작용하는 공간을 포기하고 타자와의 관계가 무화된 자신의 관념적 자아동일성의 공간에 정위하는 것이다.

6) 김유정은 어느 한 정점에 머무르지 않으며, 안의 공간에서 부단히 밖의 공간으로 나아가고자 한다. 그는 타자와의 관계가 무화되거나 배제된 자신만의 공간을 가지지 않으며, 일관되게 타자와 상호작용하는 공간으로 나아간다. 그는 타자와 상호작용하는 도시적 공간, 미지의 공간, 미래의 공간에 의사자아동일적인 공간을 설정하고 있다. 이 정위공간들은 밖의 공간이며, 이 공간으로 행동해 들어가고 공간의 확산을 보여준다는 것은 원심적인 지향이 된다. 이것은 곧 유정이 외부공간에 관심을 집중시키며 내면 의식을 외부공간으로 투사시켜나감을 말한다. 즉, 유정은 효석과는 반대로 타자와의 관계지어진 밖의 공간으로 나아가는 것이다.

7) 소설은 결국 고향상실적인 의식에서 출발하여, 고향이라는 자아동일적 세계를 모색하는 구조이지만, 그 자아동일적 세계를 이미 확보해버린 상태는 소설적이 아니라 시적이다. 그런 의미에서 이효석이 자아동일적 공간을 확보하고 그 공간 속에 안주해버리고 마는 것은 세계와의 부조화를 구조적 요인으로 삼는 소설의 세계를 떠남이며, 더욱이 극심한 민족적 부조리를 내포하고 있던 식민지 현실에 있어서는 명백한 현실 도피였다. 그의 외부공간의 내면공간화는 결국 식민지 시대라는 외부의 민족적 현실에 대한 관심과 성찰의 결여를 나타내며, 후퇴적 현실대응 양상을 드러내는 것이다.

김유정의 인물들이 대타자적인 공간인 도시적 공간으로 행동을 확산시켜나가며 의사정위 공간이긴 하지만 정위공간을 대타자적인 공간에 두고 있다는 것은, 현실에 대한 유정의 관심의 징표로 보인다. 그리고 유정은 일부의 작품에서 식민지 현실의 구조적인 모순을 언표적으로 보여주기도 한다. 즉, 타락한 현실을 타락한 방법으로 탈피하고자 하고 있어 리얼리즘적인 태도를 보여준다. 그러나 유정은 인물들에게 무지와 순진함이란 성격을 부여함으로써, 이러한 인물의 지향과 작가의 지향 사이에 아이러니를 이루게 하여 결과적으로 적극적 지향성이라는 리얼리즘의 심화로 나아가지 못하고 해학에 머무르고 있다.

참고문헌

1. 기본 자료

남연현 외, 『한국문학대전집』 6집 이효석, 8집 김유정, 태극출판사, 1982.

2. 국내서

구인환, 「김유정 소설의 미학」, 『국문학 논문선』, 민중서관, 1977.

김동리, 「산문과 비산문-이효석론」, 『문학과 인간』, 1952.

김병욱, 「한국현대소설의 공간의식」, 『서강어문』 제2집, 1982.

김병익, 「땅을 잃어버린 시대의 언어」, 『문학사상』 22호, 1974.

김상태, 「생동의 미학」, 『현대작가연구』, 민음사, 1976.

______, 「김유정과 해학의 미학」, 『한국 현대소설사 연구』, 민음사, 1984.

김수남, 『김유정 문학에 대한 소설사회학적 사고』, 조선대학교 인문과학 연구, 1980.

김영기, 「이효석론」, 『현대문학』 16권 5호, 1970.

______, 「김유정 문학의 본질」, 『김유정 전집』, 현대문학사, 1968.

김영화, 「김유정의 소설 연구」, 『국문학 논문선』 10집, 민중서관, 1977.

김용직 외, 『현대한국작가연구』, 민음사, 1976.

김용직, 「반산문적 경향과 토속성」, 『문학사상』 22호, 1974.

김우종, 『한국현대소설사』, 선명문화사, 1968.

______, 『현대소설의 이해』, 이우출판사, 1980.

김윤식, 『염상섭 연구』, 서울대 출판부, 1987.

______, 『한국현대명작사전』, 일지사, 1979.

김윤식 · 김현, 『한국문학사』, 민음사, 1973.

김주연, 『문학비평론』, 열화당, 1974.

김준오, 『시의 현상학적 해명』, 하서 김종우박사 회갑기념논총, 1977.

김중하, 『현대소설의 공간성 연구』, 우해 이병선박사 회갑기념논총, 1987.

______, 『소설의 공간성 시론』, 태야 최종원선생 회갑기념논총, 1983.

전광용 외, 『한국현대소설사 연구』, 민음사, 1984.

김화영, 『소설이란 무엇인가』, 문학사상사, 1986.

신동욱, 「김유정론」, 『현대문학』 169호, 1969.

유기룡, 「김유정론」, 『한국현대소설작품론』, 도서출판 문장, 1979.

______, 「이효석론」, 『현대작가론』, 형설출판사, 1979.

유종호, 「서구소설과 한국소설의 기법」, 『한국인과 문학사상』, 일조각, 1964.

윤병로, 『이효석의 생애와 작품』, 여원, 1960.

윤병로, 『현대작가론』, 이우출판사, 1983.

윤홍노, 『한국문학의 해석학적 연구』, 일지사, 1976.

이광풍, 『현대소설의 원형적 연구』, 집문당, 1985.

이명섭, 『세계문학비평용어사전』, 을유문화사, 1985.

이재선, 『한국단편소설연구』, 일조각, 1972.

______, 『우리문학은 어디서 왔는가: 원천 지속 변화의 문학적주제론』, 소설문학사, 1987

이주일, 『유정문학의 향토성과 해학성』, 국어국문학, 1980.

임중빈, 「이효석-메밀꽃 필 무렵」, 『월간 문학』, 1970.

임화, 「시문학의 정도」, 『문장』 제1권, 제9호.

정명환, 『위장된 순응주의』, 한국작가와 지성사, 1978.

정한모, 『현대작가연구』, 범조사, 1959.

______, 『문체로 본 동인과 효석』, 문학예술, 1951.

______, 『효석과 인조티시즘』, 국어국문학, 1956.

정한숙, 『현대한국문학사』, 고려대출판부, 1982.

______, 「해학의 변이」, 『고려대 인문 논집』 17집, 1972.

조건상, 『김유정과 채만식의 소설의 특질: 해학과 풍자의 거리』, 도남학보, 1980.

조동일, 『문학연구방법』, 지식산업사, 1980.

조연현, 『한국현대문학사』, 성문각, 1977.

주종연, 『이효석의 「메밀꽃 필 무렵」과 원형적 패턴』, 한국현대소설사연구, 민음사, 1984.

한용환, 『한국소설론의 반성』, 이우 출판사, 1984.

홍경표, 「서정석 리얼리즘 소설과 상징성」, 『한국근대소설작가의식연구』, 형설출판사, 1984.

3. 논문

김용희, 「현대소설에 나타난 길의 상징성」, 이화여대 박사학위논문, 1986.

김현, 「현대소설의 시간성 및 공간성 연구」, 서강대학교 석사학위논문, 1987.

박태일, 「1940년 전후 한국사에 나타난 공간인식의 문제」, 부산대학교 석사학위논문, 1984.

엄국현, 「이상시에 나타난 공간의 문제」, 부산대학교 석사학위논문, 1981.

유인순, 「김유정의 소설공간」, 이화여자대학교 박사학위논문, 1984.

4. 번역서

게오르그 루카치, 반성완 역, 『소설의 이론』, 심설당, 1985.

로만 인가르덴, 이동승 역, 『문학예술작품』, 민음사, 1985.

윌리암 케네이, 엄정옥 역, 『소설 분석론』, 원광대 출판국, 1980.

에드윈 뮤어, 안용철 역, 『소설의 구조』, 정음사, 1983.

퍼어시 러보크, 송욱 역, 『소설기술론』, 일조각, 1982.

5. 외국서

Joseph A kestner, *The Spariality of the Novel*, Wayne s-tate Univ. Press, 1978.

L, Lutwack, *Role of place in Literature*, Syracuse Univ. Press, 1984.

Lucien Goldmann, *Toward a Sociology of the Novel*, trans. Alan sheridan, London, 1975.

Lynn Altebernd and Lesile L, Lewis, *A Handbook for the study of Fuction*, New york: MacMillan

Publishing Co. INC., 1966.

M. Bakhtin, *Priblems of Dostoevsky's Petics*, Minneapolis: Univ. of Minesota prss, 1984.

Robie Macauiey and George Lanning, *Techique in Fiction*, New york: Harper Row Publichers, 1964.

Yi-Fu Tuan, *Space and Place-The Persective of Experience, Minneapolis*: Univ. of Minnesota Press, 1977.

경주(慶州)와 문학

1. 들어가면서

특정 지역과 문학의 연관성을 논의하는 것은 그 범주를 정하기가 참 막연한 일이다. 그 지역을 배경으로 하거나 소재로 삼고 있는 문학 작품들을 논의할 것인지, 아니면 그 지역 출신의 작가와 시인들의 작품을 논의할 것인지, 그것도 아니면 그 지역에서 문학 활동을 하였던, 혹은 하고 있는 작가와 시인들의 작품을 논의할 것인지를 결정하는 것은 쉬운 일이 아니다. 일정한 기준을 세우지 않은 논의는 백과사전식 나열에 불과한 위험을 안게 될 것이고, 일정한 범주를 정한다 하더라도 그 논의에 그 지역의 사회 · 문화적 특성이 어떻게 문학적 특성으로 변용되어 지역의 역사 속에서 어떤 일정한 흐름을 형성하고 있는가를 살펴보는 작업이 결여된다면 알맹이 없는 맥빠진 논의가 되기 십상이다.

본고의 논의도 그러한 위험과 결여에서 크게 자유롭지 못한 상태에서 제기되고 있다는 점을 먼저 밝히고자 한다. 본고는 본격적인 '중심부와 주변부로서의 지역문학'을 논의하기 위한 하나의 전 단계로서, 경주 지역 문학의 여러 가지 토대를 소개하는 가벼운 논의로 받아들여 주기 바란다. 그래서 제목도 '경주의 문학'이 아닌 '경주와 문학'인 것으로 이해해주었으면 한다.

오늘의 논의에서는 경주 지역을 배경으로 하고 있거나 소재로 삼고 있는 문학 작품들을 위주로 다룰 것이며, 또한 경주의 사회 · 문화 · 역사적 특성을 뚜렷이 형상화하고 있는 작품과 작가들을 그 대상으로 삼을 것이다. 그 외의 것은 참고적인 사항으로 간략하게 덧붙여 소개하고자 한다.

경주는 주지하다시피 신라 천 년의 고도이다. 신라 천 년의 영화 속에 경주는 신라 문화의 가장 찬란한 정화를 꽃피워낸 그 중심부에 있었다. 한 나라가 천 년 동안(정확히는 992년) 지속되는 것도 세계에서 그 유례를 찾아보기 어렵지만, 한 도시가 천 년 동안 한 나라의 수도로서 지속된 일도 드문 일이다. 경주가 바로 그런 도시이다. 천 년의 세월 동안 켜켜이 쌓여온 신라의 문화와 역사가 마침내 거대한 정수(精髓)로 뭉쳐 그 토양 속으로 녹아든 곳이 바로 경주인 것이다. 그 정수가 다시 천 년이 지난 오늘날까지 흙과 바람 속에서 풍겨 나오는 곳이 경주이다.

경주의 문학 역시 예외가 아니다. 저 아득한 신화의 시대로부터 수많은 설화와 시가를 배태하여온 경주는 오늘날까지 그 문학의 역사와 전통을 면면히 이어오고 있다. 본고에서는 그 역사와 전통을 개괄적으로 간략하게 소개하는 데에 그 목적이 있다. 논의는 크게 두 부분으로 진행하고자 한다. 역사 속에서 경주의 문학이 나타나 있는 양태를 먼저 살피는 것이 그 하나요, 그러한 양태 속에서 어떤 문화적 전통과 시대적 정신이 담겨 있는가를 살피는 것이 그다음이다.

2-1. 향가문학과 경주

향가 작품은 현재 『삼국유사』에 14수, 『균여전』에 11수, 총 25수가 전해지고 있다. 향찰로 쓰인 까닭에 오늘날까지 그 해독에 대한 논의가 적지 않지만, 학계에서는 몇 가지 모형의 의미 해독에 대체로 합의한 듯하다. 여기에서는 경주와 직접적인 관련이 없는 『균여전』의 「보현십종원왕가」는 제외하고 『삼국유사』의 14수만을 살펴보고자 한다. 향가작품과 그 배경설화를 지역적 관련성과 시대별로 정리하면 다음과 같다.[1]

1) 이 표는 동국대 이임수 교수의 「경주의 시가문학과 역사문화」, 『어문논총』 제43호, 한국문학언어학회, 2005의 자료를 편집한 것임.

향가작품명	작가와 등장인물	지명	사찰, 누각, 성, 기타	왕조, 시대
서동요	서동(무왕), 선화공주, 지명법사	경사남지변	사자사, 용화산	진평왕 (600년 전후)
혜성가	진평왕, 3화랑, 융천사	풍악		상동
풍요	선덕왕, 양지		석장사, 영묘사	선덕여왕 (632-646)
원왕생가	광덕, 엄장	남악	분황사, 황룡사	문무왕 (661-680)
모죽지랑가	득오, 죽지랑, 술종공	모량, 죽지령	부산성	효소왕 (692-701)
헌화가	어느 노인, 순정공, 수로부인	강릉, 임해정	해정,주선	성덕왕 (702-736)
원가	신충, 효성왕	궁정	측백수 아래	효성왕 (737-741)
도솔가	경덕왕, 월명사	천백시 남로	조원전, 청양루	경덕왕 (742-765)
제망매가	경덕왕, 월명사	월명리	사천왕사	상동
안민가	경덕왕, 충담사, 표훈대덕	삼화령	귀정문	상동
찬기파랑가	기파랑	일오	일오천리	상동
도천수대비가	경덕왕, 희명, 5세 아이	한기리	분황사	상동
우적가	영재, 60인의 도적	대현령, 지리산		원성왕 (785-798)
처용가	헌강왕, 처용, 역신	재학성, 울주 개운포	망해사, 신방사	헌강왕 5년 (879)

남아 전하는 신라 향가는 6세기에서 9세기까지 400여 년에 걸쳐 창작된 작품들이다. 『삼국유사』의 기록에 따르면 신라 3대 유리왕 때, 가사가 전하지 않는 또 다른 「도솔가」가 있었다는 것으로 보아 신라의 향가는 1세기경에 태동하여 통일신라인 7~8세기에 이르러 가장 화려하게 꽃피었던 것으로 짐작된다.

삼국유사에 실린 작품들은 모두 경주를 배경으로 한 시가들인데, 그중에서 경주와 관련이 다소 멀어 보이는 작품은 「헌화가」와 「우적가」 두 편이다. 성덕왕 때의 「헌화가」는 순정공이 강릉태수로 부임하는 길목인 경상도와 강원도의 어느 해변에서 창작되었고, 원성왕 때의 「우적가」는 영재 스님이 만년에 은거차 지리산으로 들어가는 길목 어디에서 도적을 만나 지은 작품이다. 그러나 이들도 경주에서 임용된 관리가 부임하는 노정에서 지었고, 경주에서 살다가 은거하러 가는 도승이 지은 작품이므로 경주의 문학으로 보아도 무방하다.

진성여왕 2년(888년)에 왕명에 의해 각간 위홍과 대구화상이 지었다는 『삼대목』은 향가를 집대성한 책이자, 기록상 우리나라 최초의 가집으로 알려져 있으나 불행히도 오늘날 전해지지 않고 있다. 이 책이 전해졌더라면 경주 관련의 향가문학이 보다 풍부해졌을 것이다.

이 밖에 『화랑세기』에 나오는, 미실이 지었다는 「풍랑가」도 그 배경이 경주 일원인 것으로 추정되어 소개한다.

바람이 분다고 해도
임 앞에 불지 말고

물결이 친다고 해도
임 앞에 치지 말고
빨리 빨리 돌아오라
다시 만나 안고 보고
아흐, 임이여 잡은 손을
차마 물리려뇨.

-「풍랑가, 송출정가」

2-2. 신라의 가사부전(歌詞不傳) 작품과 경주

가사가 전해지는 향가작품 이외에도 향찰로서의 가사는 전해지지 않으나, 전체적인 내용이나 창작배경만이 기록되어 있거나 한시 형태 또는 한문 의역으로 전해지고 있는 가사부전 작품들이 다수 있다. 이 노래들도 지역적으로 경주를 벗어난 것들이 몇 작품 있지만 많은 노래들이 서울인 경주를 중심으로 불렸다고 볼 수 있다.

경주와 관련이 깊은 노래들로 다음과 같은 작품들이 있다. 「도솔가」, 「회소곡」, 「달도가」, 「현금포곡」, 「대도곡」, 「문군곡」, 「동경」, 「이견대」, 「천관원사」, 「치수령곡」, 「모랑가」, 「비형랑사」, 「지귀사」, 「번화곡」, 「앵무곡」, 「청조가」 등이 그것이다.

2-3. 한시(漢詩)와 경주

경주 출신인 최치원 이후 많은 유학자들은 천 년 성국이었던 신라의 발원지이자 신라 문화의 흥망성쇠를 고스란히 간직하고 있는 땅, 경주를 찾아 수많은 한시를 남기고 있다. 이들의 시에는 정치적 사실에 대한 비판과 신라의 사상과 문화에 대한 나름의 찬탄과 향수와 비탄과 평가가 담겨 있다. 몇 가지 중요한 작품들을 소개한다.

祇園實際己兮 二寺東西 기원사 실제사 화려한 두 절 동서로 있는데

(기원실제기혜 이사동서) 그 가운데 자리잡고 포석정이 있다네

松栢 相倚兮 蘿洞中소나무 잣나무 서로 어울려 무성한데

(송백 상의혜 라동중) 넝쿨은 온통 하늘을 덮었네

回首一望兮 塢花滿 머리를 돌려 보는 곳마다

(회수일망혜 오화만) 진달래 꽃 피고 피어

細霧輕雲兮 竝朦朧 짙붉은 웃음 골짜기에 가득 차 넘치네

(세무경운혜 병몽롱) 으스름 실안개는 서기처럼 자욱이 빗겨 있는데.

-「鮑石亭 奏樂詞 (포석정 주악사)」, 최광유(崔匡裕)

최광유는 신라 말기의 학자이다. 시의 내용으로 보아 시를 읊을 당시에는 포석정이 아직 피해를 입지 않은 것으로 보인다. 따라서 그의 시는 신라의 멸망과 경애왕의 슬픈 이야기 및 정치적 문란상을 내용으로 한 시들과는 달리 포석정 주변의 풍경을 아름답게 묘사하고 있다.

신라 시대의 포석정의 모습은 사라져버렸으나, 우리는 이 시를 통해 과거 아름다웠던 포석정의 모습을 상상해볼 수 있다.

昔年鷄貴國(석년계귀국) 그 옛날 계귀국
王氣歇山河(왕기헐산하) 산하에 왕기는 끊어져 버렸네
代遠人安在(대원인안재) 시대 오랬으니 사람들 어찌 있으랴
江流水自波(강류수자파) 강물만 흘러가니 물결만 이네
舊墟空草木(구허공초목) 옛 터 텅 비고 초목만 우거졌어도
遺俗尙絃歌(유속상현가) 남긴 풍속 아직도 현가로구나
崔薛無因見(최설무인견) 최치원과 설총 만나볼 길 없으니
嗟嗟可奈何(차차가내하) 아아, 이를 어찌할거나.

-「東都懷古(동도회고)」, 인빈(印份)

인빈은 12세기 고려조 사람이다. 이 시에서 시인은 전체적으로 신라의 아름다운 풍속에 대한 칭송과 사라진 인물에 대한 아쉬움을 표현하고 있다. 그는 아직도 남아 있는 신라의 아름다운 풍속에 지대한 영향을 끼친 인물로 崔薛, 즉 최치원과 설총을 들고 있다. 그는 이 시에서 고려조 당시 경주가 간직하고 있었던 신라의 유풍이 얼마나 아름다운 것이었던가를 잘 보여주고 있다.

이밖에 고려 희종 때 장일은 「동도회고(금오방운)」에서 화려했던 경주가 몽고의 침입으로 황폐화된 모습을 애통해하는 심정으로 그리고 있다. 조선조 세종 때 성황은 「경주회고 팔수」에서 경주의 누대와 전각

이 사라져버린 안타까움과 화려하고 아름다웠을 옛 궁궐을 상상하여 즐기는 심정을 노래하고 있다. 조선 효종 때 사람 이재는 「동도회고」란 시에서 웅대한 신라는 사라졌지만 그것에 영향받아 아직껏 남아 있는 신라의 풍속에 대해 읊고 있다. 일제 강점기 시인이었던 한우석 역시 「동도회고」에서 사라진 신라에 대한 애달픔을 경주의 구체적인 대상물들을 하나하나 등장시키며 노래하고 있다.

그러나 찬탄이나 애통이 아니라 비판적 시각으로 노래한 시도 있다. 남명 조식은 「포석정」이란 시에서 포석정을 사치 향락의 대표적 건축물로 보고 신라 말기 정치의 문란상을 비판하고 있다. 「금오신화」의 작가 김시습 또한 「유금오록(안하지구지)」란 시에서 안압지를 호화로운 잔치를 하고 방탕한 일만 벌이는 곳으로 생각하여 비판을 가하고 있다. 김시습은 이외에도 기행시 형식으로 경주의 곳곳을 돌아보며 그 소회를 피력한 한시를 남기고 있다. 이것은 다음 장에서 따로 논의하겠다.

이외에도 김극기의 한시와 최홍빈의 시가 유명하다. 특히 「서황룡사우화문」이라는 최홍빈의 한시는 중국 사신을 감동시킨 것으로 유명하다.

2-4. 매월당 김시습과 경주

매월당 김시습은 김알지의 후예인 원성왕의 자손으로, 태생적으로 경주와 인연을 맺고 있긴 하지만 정작 그가 경주에 정착하여 저술활동을 펼치기 시작한 것은 10년간의 방랑 생활을 끝낸 31세 되던 해였다. 그는 경주 남산인 금오산에 금오산실을 짓고 은거한다.

1) 『유금오록』의 한시와 경주

매월당이 경주에서 지은 시로 지금까지 남아 있는 것으로는 약 100여 편이 되는데, 주로 매월당집 속의 『유금오록』에 남아 있다. 이들 시편을 살펴보면 그가 경주의 웬만한 고적은 다 찾아다니며 그 감상을 적은 한시들이 꽤 많음을 알 수 있다. 「선방사」, 「흥륜사지」, 「포석정」, 「오릉」, 「간첨성대」, 「유신묘」, 「분황사석탑」, 「봉덕사종」 등의 시편들이 그것이다.

그의 시 중에는 신라의 창업을 회고하는 시가 있으니, 「계림」이 그것이다.

석씨가 끝나는 때 태자가 없어
하늘 닭이 금궤에다 상서를 내리었네.
쪼개 보니 훌륭한 신아(神兒)가 나와서
주기(主器)를 간고하여 가업이 창성했네

이 시에서 매월당은 먼저 신라가 하늘의 뜻에 따라 이루어진 나라임을 말하고 있다. 그리고 석씨가 끝나자 자기의 조상인 김알지가 하늘에서 내려와 신라를 창성하게 했음을 말하고 있다. 이는 그 스스로에 대한 자부심의 표출이라고도 할 수 있다.

고적을 돌아보고 쓴 회고시 중에서 「간첨성대」를 살펴보자.

높은 대가 드높아서 하늘까지 닿았으니
역력한 천문을 한 눈으로 살피겠네
이것은 우러러보고 덕을 닦는 기구인데
어찌하여 힘쓰기를 옛 성 곁에 있게 했나

이 시에서는 천문을 역력히 살피고, 이에 따라 덕업을 닦은 첨성대를 성 곁에 둔 까닭을 묻고 있다. 이는 역대의 임금들이 이를 통해 천문 변화를 살피면서 스스로의 덕을 닦던 일을 두고 말하는 것이다. 그러나 그가 살고 있는 당대의 임금들이 이런 첨성대의 의미, 즉 하늘의 뜻을 살필 줄 모르고 있음을 풍자하고 있는 시이기도 하다.

이처럼 경주는 매월당의 한시 속에서 현재를 되돌아보는 모델이 되거나, 앞장에서 살펴본 「포석정」에서처럼 반면교사의 모델이 되어 나타난다.

2) 「남염부주지」와 경주

매월당이 금오산의 용장사에서 지은 것으로 알려진 우리나라 최초의 소설 『금오신화』는 5편의 소설로 이루어져 있다. 그중에서 「남염부주지」가 경주와 가장 관련이 깊다고 하겠다.

「남염부주지」에서 매월당은 경주를 지리적 배경으로 하고, 경주에서 가장 많은 성씨 중의 하나인 박생이라는 주인공을 내세운 점이 우선 외면적으로 경주와 관련이 깊다 하겠다. 그리고 내면적으로 종교적, 정치적 불만, 즉 세조 등극 이후 불교가 득세하고 있기 때문에 유학자인 스스로의 꿈을 펼칠 수 없음을 이야기하고 있다. 그런데 당시 경주는 불교국이었던 신라의 고도라 아무래도 다른 곳보다는 불교적 요소가 더 많이 남아 있었을 것을 감안한다면, 이런 그의 심경을 토로하기엔 경주가 역설적으로 적합한 배경이 되었을 것이다.

성화 초기, 경주에 박생이라는 사람이 살고 있었다. 그는 유학에 뜻을 두고 일찍이 태학관에서 수학하였으나, 한번도 과거에 급제하지 못하여 항상 불만을 가지고 있었다. 그리고 그는 일찍부터 불교 · 무격 · 귀신 등의 모든 설에 대하여 의심을 품고 있었으나 어떠한 결단을 내리지 못하고 있었다.

어느 날 박생은 꿈속에서 남염부주로 가서 거기의 임금, 염왕과 토론을 벌인다. 박생은 평소에 의심하고 있던 바를 염왕에게 물어본다. 유불의 차이점에 대하여, 귀신에 대하여, 극락과 지옥의 존재 유무에 대하여, 끝으로는 윤회에 대하여 물어본다. 염왕의 대답은 모두 불교를 배척하고 유학을 옹호하는 것이었으니, 유교는 정도이고 불교는 사도이며 귀신은 조화의 자취요, 극락과 지옥, 그리고 시왕(十王)은 없으며 윤회까지도 있을 수 없다는 것이었다.

매월당이 세상을 등진 것은 세종에 대한 절의 때문이기도 하지만 무엇보다 세조 등극 이후 불교가 득세했기 때문이다. 왜냐하면 그는 유학으로 왕도정치를 실현하려 했기 때문이다. 경주는 불교국 신라의 고도이므로 이 지역을 배경으로 유불 간의 이야기를 풀어간 것은 소설적 기법으로서도 우수하다고 할 것이다.

2-5. 가사 문학과 경주

가사 문학으로 경주지역과 관련이 깊은 작품은 조선시대 가사문학의 제2인자로 알려진 노계 박인로의 「독락당」과 동학의 교조 수운 최제우의 동학가사가 남아 있다.

「독락당」은 노계가 광해군 11년(1619)에 지은 가사로, 경주 안강읍에 위치한 옥산서원에서 선현인 회재 이언적의 모습과 아름다움을 찬양한 노래이다. 내용은 늙은 몸으로 독락당을 찾아가 회재 선생의 모습을 생각하고 아름다운 경치를 중국의 사적들과 비교하며, 회재의 유훈을 길이 받들 것을 권면하고 있다.

선생 유화(遺化) 지극함이 엇더하뇨
차재(嗟哉) 후생들아 추앙(趨仰)을 더욱 높혀
만세(萬歲) 천추(千秋)에 산두(山斗)같이 바래사라
천고(天高) 지후(地厚)도 유시진(有時盡)하려니와
독락당(獨樂堂) 청풍(淸風)은 가없을까 하노라.

-「독락당」, 『노계집』

동학의 창시자인 수운 최제우(1824~1864)가 지은 동학의 경전 『용담유사(龍潭遺事)』에는 9편의 동학가사가 실려 있는데, 그중 「용담가」는 현재 경주시 현곡면 가정리에 소재하고 있는 용담정과 득도(得道)를 노래하고 있다. 경주시 서북쪽에 자리한 용담정은 천도교(동학)의 발상지요 성지이다. 이 가사에서는 또한 경주와 신라에 대하여 직접적으로 언급하고 있어 경주와 밀접한 연관성을 맺고 있다고 하겠다.

국호는 조선이요 읍호는 경주로다
성호(城號)는 월성(月城)이요 수명(水名)은 문수(汶水)로다
기자 때 왕도로서 일천년 아닐런가
동도는 고국이요 한양은 신부(新府)로다
아동방 생긴 후에 이런 왕도 또 있는가
수세(水勢)도 좋거니와 산기(山氣)도 좋을시고
금오는 남산이요 구미는 서산이라
봉황대 높은 봉은 봉거대공(鳳去臺空)하여 있고
첨성대 높은 탑은 월성을 지켜있고
청옥적(青玉笛) 황옥적(黃玉笛)은 자웅(雌雄)으로 지켜있고
일천년 신라국은 소리를 지켜내네

-「용담가」 중에서

「용담가」에서는 경주의 이름이 월성이요 월성의 남쪽을 흐르는 내가 문천이니 문수라고 했다. 동쪽 도읍인 경주는 옛나라요, 한양은 조선의 도읍이다. 금오산은 경주의 남산이고 용담정이 있는 구미산은 경주 서쪽 산이다. 경주 시내에 봉황대도 있고 월성 북쪽에는 첨성대도 있으며 신라 삼보인 옥적이 경주를 지켜줌을 노래하는 내용이다.

2-6. 동리 · 목월과 경주

한국현대문학사에 있어 가장 중요한 소설가와 시인은 단연 김동리와 박목월일 것이다. 이 두 거장이 경주지역 출신이라는 점은 경주의 문학을 이해하는 데 매우 중요한 단서를 제공한다. 또한 동리와 목월의 작품세계에서 공통적으로 종교적 색채가 주된 정서를 이루고 있다는 점도 유의할 만하다. 동리는 초창기 작품에서 한국 전통의 무속신앙과 외래종교인 기독교의 마찰을 다룸으로써 종교적 경향을 보인 바 있고, 목월은 선교적 정조의 작품을 다수 발표하였으며 또 이러한 세계관은 그의 작품세계의 본질에 속한다.

동리와 경주의 관계는 장윤익 교수의 글[2)]에 잘 나타나 있어 사족을 달 필요가 없을 듯하다. 김동리의 작가적 생애와 문학은 그의 고향인 경주를 떠나서는 논의가 되지 않을 정도로 경주와 인연이 깊다. 유년시절과 초등학교 시절에 보고 듣던 경주의 신비로운 자연과 샤머니즘의 세계를 기독교 사상, 불교 사상과 함께 수용하여 순수문학과 민족문학의 본령정계의 토대를 마련했던 것으로 보인다.

김동리 작품 「무녀도」와 「선도산」은 인간의 운명적 삶의 공간이 경주를 배경으로 해서 이루어진 작품이다. 김동리의 대다수의 작품이 그의 작가적 생애와 관련된 소재들을 작품으로 나타내고 있는 것처럼, 이 두 작품도 그의 문학사상의 기반이 된 생의 구경적 문제를 반영하

2) 장윤익, 「운명적 삶의 공간과 경주-'무녀도'와 '선도산'을 중심으로」.

고 있는 작품이다. 「무녀도」가 경주 서천의 예기소를 배경으로 하여 한국의 전통 무속 신앙인 샤머니즘과 초기 기독교와의 갈등을 다룬 소설이라면, 「선도산」은 1970년대 경주 신라문화제를 배경으로 작가 자신의 운명적인 삶의 공간을 표출한 소설이다.

김동리는 유년시절부터 경주와 관련하여 형성된 문화와 예술, 샤머니즘의 신비, 기독교 사상과 불교의 인생관 등을 기반으로 작가적 생애를 지속해왔으며, 이러한 운명적 삶의 정신적 요소가 그의 문학 사상의 토대가 되었다.

목월은 경남 고성 출생이나 어렸을 때부터 경주에서 성장하였다. 경주의 자연 환경과 주변 유적지가 그의 시작품의 중요한 소재가 되었음은 물론이다. 목월은 주지하다시피 청록파 시인이다. 자연을 바탕으로 한 전통적인 한국 고유의 서정과 율격을 주된 정조로 삼아 자연을 있는 그대로 묘사하여 자연에의 완전한 귀의를 노래하였다.

그의 작품세계는 4기로 나누어 볼 수 있는데 1기는 '청록집' 시대로 향토적 서정과 민요적 율조로 인간의 본원적 애수를 그렸으며 2기는 '산도화' 시대로 동양적인 분위기를 회화적 이미지로 선명하게 살려냈다. 3기는 '청담' 시대로 인생 문제를 깊이 있게 파고드는 경향을 띠었다. 4기는 '경상도 가랑잎' 시대로 기독교적인 세계관과 문명 비판적인 성격을 보여주면서 지적 요소가 짙어지는 특징을 보이고 있다.

목월의 1기 시는 인간과 자연이 동일성을 이루는 도교적 선경을 보여준다. 이러한 성격은 그가 어릴 때 뛰놀았던 경주지역의 자연과 사찰이 그의 시에 큰 영향을 끼쳤음이 분명하다. 그의 대표작인 「나그네」,

「청노루」, 「윤사월」, 「불국사」 등의 작품에서 이를 확인할 수 있다. 그의 후기시에 나타나는 기독교적 세계관도 그 연원을 거슬러 올라가면 유년시절 목월이 만났던 자연과 종교적 분위기에 그 뿌리가 있음을 알 수 있다. 즉 목월은 도교적, 불교적 세계관을 거쳐 마침내 기독교적 세계관을 보이고 있는 것이다.

3. 나오면서

지금까지 내용을 요약하면 다음과 같다.

첫째, 한국 문학의 초창기의 꽃이었던 향가문학은 경주 지역을 배경으로 삼아 토속적 신앙, 불교적 세계관을 보여준다.

둘째, 최치원 이후 경주 지역에는 풍부한 한시 문화가 꽃피었고 그 유산이 지금까지 전해온다.

셋째, 한국 소설의 효시인 매월당 김시습의 금오신화가 경주의 남산(당시 금오산)에서 창작되었고 그 내용이 불교적 세계관을 보여주고 있다.

넷째, 조선시대 가사문학의 대가였던 박인로가 경주 사람이었다. 그러므로 가사문학의 정서도 경주 지역과 무관하지 않다. 또한 수운 최제우는 용담가사를 통해 새로운 종교를 창건하기도 했다.

다섯째, 한국 현대문학의 두 거장이 김동리와 박목월이 경주 지역 출신이며 경주의 자연과 종교적 분위기를 작품에 알게 모르게 변용하고 있다.

경주는 거대한 사원과 같다. 신라 천년의 역사가 층층이 쌓여서 한국문화의 정화를 이루었다. 문학도 마찬가지다. 경주의 자연과 종교적 분위기는 대대로 한국문학의 주류를 형성해왔다. 경주의 주된 종교인 불교는 다른 종교를 배태하기도 하고 또 대립하기도 하면서 다양한 문학을 낳았다. 경주는 한마디로 한국문학의 상징이기도 하다.

2부

불온한 식탁에 놓인 결핍과 욕망의 레시피

부산 소설의 여름 풍경

치열한 자기비판의식을 바라며

다양한 상상력과 빈곤한 울림

윤정규의 작품세계

박종관의 소설 세계

불온한 식탁에 놓인 결핍과 욕망의 레시피

나여경 작가!

첫 창작집 『불온한 식탁』의 출간을 축하합니다. 또한 부실한 글 솜씨의 소유자에게 이렇게 첫 창작집 해설을 맡겨 준 데 대해 쑥스러움과 함께 영광된 마음을 전합니다. 사실, 출판사와 나 작가로부터 작품집 해설을 써 달라는 부탁을 받고 적이 당황했었습니다. 이런 유의 글을 써 본 적도 없거니와, 작품을 정확히 읽어 내는 능력에 자신이 없었기 때문이기도 했습니다. 그럼에도 이에 응한 것은 평소 나 작가의 작품을 눈여겨보아 왔던 터이고 같은 작가로서 일독의 소회를 소박하게 밝히는 것도 그리 큰 흉은 되지 않겠다 싶어서였습니다. 해설을 나 작가에게 보내는 편지 형식으로 쓰게 된 것도 그런 가벼운 마음으로 읽어 달라는 의도의 표현입니다. 그럼에도 불구하고 훌륭한 작품집의 말미를 잡문으로 어지럽히지 않을까 하는 염려는 여전히 남습니다.

나 작가의 첫 창작집에 실린 단편 일곱 작품들을 매우 흥미롭게 읽었습니다. 또한 아프게도 읽었습니다. 작품들이 모두 흥미로우면서도 갈피갈피마다 숨겨진 상처들이 예사롭지 않은 고통을 불러일으켰습니다. 그 고통을 통해, 나 작가의 삶에 대한 이해의 깊이를 읽을 수 있어 아프면서도 좋았습니다.

무슨 이야기부터 할까요. 어둡고 아픈 이야기보다 흥미롭고 재미난 이야기부터 해봅시다. 흥미롭다거나 재미있다는 것은 대단히 주관적인 인상에 불과할 수도 있지만 나 작가의 소설들은 확실히 재미있게 읽히는 요인을 갖추고 있습니다. 품격을 잃지 않으면서 이야기를 재미있게 풀어 나가는 역량이 작가 나여경의 특장이자 미덕이라고 한다면 낯간지러울까요.

나 작가의 소설이 재미있게 다가오는 요인으로는 우선 든든한 서사성을 담보하고 있다는 점을 들 수 있겠지요. 여성 특유의 내성적이고 감성적인 문체를 견지하면서도 뚜렷한 사건성이 구조적 의미망을 역동적으로 엮어내고 있다는 것이지요. 이는 「더미의 변명」, 「돈크라이」, 「정오의 붉은 꽃」, 「즐거운 인생」 등 거의 모든 작품에서 일관되게 확인할 수 있는 바입니다.

「더미의 변명」을 처음 발표 지면을 통해서 읽었을 때 의아해했던 기억이 있습니다. 그땐 나 작가를 개인적으로 잘 알지 못하는 상태였으므로, 도박장에서 일어나는 사건을 박진감 넘치게 묘사해 낸 그 작품의 작가가 여성이란 사실이 쉽게 믿어지지 않았기 때문이었지요. 혹시 다른 남성 작가와 이름이 바뀌었나 해서 다시 확인해 보았지만 작가는 분명 지극히 여성적인 이름인 나 · 여 · 경으로 되어 있더군요.

곰이 뜬 건 그때였다. 멀리서 헤드라이트 빛이 보였다. 곰이다, 외치는 함성과 급히 뛰는 구둣발 소리, 냄새를 맡은 우리 애들이 대문을 걸어 잠그는 소리가 뒤섞여 들렸다. 나는 집 뒤로 달렸다. 예상대로 비상문이 열리고 범털 형님이 호위를 받으며 뛰어나왔다. 우선 범털 형님을 차에 태워 보낸 후 다른 보살들을 위해 비상문을 열었다. 이미 마당으로 진입한 두 명의 곰이 보였다. 어쩔 수 없이 그들과 맞설 수밖에 없었다. 나를 보자 순간 멈칫하던 한 명의 곰이 먼저 주먹을 날렸다. 급히 고개를 옆으로 피하며 발을 올려 곰의 옆구리를 강타했다. 짧은 신음과 함께 중심을 잃은 곰을 발로 차 넘어뜨렸다. 몸을 돌려 뛰려는 내 등으로 불구덩이 쏟아진 듯 통증이 느껴졌다. 곰이 내 등을 향해 내려친 각목이 반 토막 나며 멀리 튀어 달아났다. 몸을 낮췄다가 나를 향해 다가오는 곰의 복부를 구둣발로 찍었으나 헛발질이었다. 중심을 잃고 쓰러진 내게 곰이 다가왔다. 급한 대로 돌을 주워 던졌다. 이마를 움켜진 곰의 손가락 사이로 흐르는 피가 보였다.

-「더미의 변명」 중에서

이처럼 주먹이 오가며 각목이 난무하고 피가 튀는 내용의 상상력을 발휘한 작가가 여성이란 사실을 어느 누가 쉽게 믿을 수 있겠습니까. 이런 상상력이 남성 작가의 전유물이란 이야기는 아닙니다. 어디까지나 작가의 취향이나 성향의 문제이겠지요. 단지 다른 여성 작가들의 작품에서 쉽게 발견되지 않는 나 작가의 독특성이랄 수 있을 것입니다. 더구나 나 작가의 사건 지향적 글쓰기는 이러한 장면적인 범위에 국한되지 않아 보입니다. 이런 장면들이 연쇄되면서 작품의 전체 구조를 통해 사랑과 배신, 환멸 등의 풍부한 서사성을 획득하게 되는 것으로 보입니다.

사정은 여타의 작품에서도 같습니다. 부동산 사기업자들의 사무실을 배경으로 펼쳐지는 갈등관계를 그리고 있는 「돈크라이」의 다소 거친 톤의 서사, 개 교배사의 사랑의 문제를 피력한 「정오의 붉은 꽃」의 파격적인 서사, 횟집에서 일어나는 일대 소동을 그리고 있는 「즐거운 인생」의 유쾌하면서도 씁쓸한 서사 등은 나 작가의 상상력의 진폭이 매우 크고 선이 굵은 울림을 지니고 있음을 잘 보여 주고 있습니다. 이 큰 진폭과 굵은 울림이 '재미있는 소설'의 힘으로 작용하고 있는 게 아닐는지요.

이런 사건 지향의 글쓰기가 혹 내밀하고 깊이 있는 감수성의 부족에서 오는 것이 아닌가 하는 오해를 불러올지도 모르겠습니다. 그러나 그런 오해는 등단작인 「금요일의 썸머타임」이나 「태풍을 기르는 방법」에서 확인할 수 있는 매우 섬세하고 고운 감성의 결을 함유한 내성적인 성향을 간과하는 데서 오는 것이라 생각되므로 크게 염려할 것은 아니라고 봅니다.

여기서 다시 생각해 볼 것은 화자의 문제 같습니다. 나 작가는 여성이면서 특이하게도 남성 화자를 선호하고 있는 듯합니다. 일곱 작품 중 네 편의 소설이 화자가 남성으로 설정되어 있으니까요. 그리고 남성 화자가 등장하는 소설에서는 서사성이 강하게 부각되는 반면에 여성 화자의 작품에서는 내성적인 성향이 강하게 드러납니다. 이는 화자의 성격과 성향을 매우 충실하게 작품에 반영하고 있음을 말해 준다고 할 수 있겠지요. 일곱 작품 모두 일관되게 일인칭 화자를 설정하고 있음에도 불구하고 각각의 작품에서 일인칭 '나'의 성격이 뚜렷한 변주를 보이며 개성화되고 있다는 것입니다.

이것을 일종의 '되기'의 개념으로 보고, 여성 작가의 남성 화자 '되기'라고 볼 수 없을까요. 들뢰즈가 그런 말을 했던가요. 존재는 늘 일정한 존재 방식을 흘러 넘쳐 다른 삶, 다른 존재 방식, 지금의 '나'를 규정하고 있는 울타리 바깥을 꿈꾸게 한다고. 또한 내가 속해 있고, 내가 나로서 존재하고 있는 배치를 바꾸고 싶은 욕망, 그 욕망은 인간의 삶을 지탱해 주는 생명의 불꽃과 같은 것이라고. 다른 삶으로의, 바깥으로의 이행을 들뢰즈는 '되기'라고 불렀지요. '되기'는 말하자면, 주어진 존재 상태의 관성이나 타성을 벗어나 새로운 삶의 방향을 지향하는 것이라고 할 수 있겠지요.

화자의 문제로 너무 거창한 이야기를 끄집어내는 듯하지만, 나 작가의 남성 화자 '되기'는 변이와 창조, 새로운 것의 탐색과 실험을 추구하는 상상력의 발현이랄 수도 있겠습니다. 새로운 존재 방식, 새로운 감응을 향해 열린 '탈주선'을 나 작가는 새로운 화자의 '되기'를 통해 그리고 있지나 않은지요. 아니면 나 작가가 여성으로서의 존재 방식에 어지간히 싫증이 났나 봅니다.(이건 농담입니다.)

물론 작가는 각각의 작품에서 성격이 다른 화자를 설정하는 것이 당연하지요. 그러나 작품집으로 묶어 놓고 작품을 읽어 보면 각 화자의 성격들이 어딘가 닮아 있다는 느낌을 주는 경우가 많으나, 나 작가의 화자들은 다양한 스펙트럼을 형성하며 보다 분명한 변별적 성격을 드러내고 있다는 것이지요. 이게 정말 같은 작가가 쓴 작품이 맞느냐고 할 정도로 그 스펙트럼의 범위는 폭넓게 변주되고 있습니다. 이러한 화자의 다양한 변주를 확인하는 것 또한 나 작가의 작품을 읽는 즐거움 중의 하나일 것입니다.

나 작가의 소설이 재미있게 읽히는 또 다른 이유는 뭘까요. 그건 아마 독특한 소재 때문일 것입니다. 나 작가가 다루는 배경이나 소재는 보통 사람들이 쉽게 접할 수 없는 세계에 속한 것이 많습니다. 불법 도박장, 사기 매매를 전문으로 하는 부동산 사무실, 개 교배 전문가의 세계, 바텐더를 하는 여성, 쥐가 출현하는 공장에서의 삶, 횟집 주인 이야기 등 어느 것 하나 범상한 것이 없습니다.

이러한 소재들은 여간해선 다루기 힘든 특수한 것들이지요. 나 작가는 도대체 어디에서 이런 소재를 취재해 오는지요. 참 신기할 따름입니다. 「정오의 붉은 꽃」의 개 교배 전문가 이야기에 이르면 할 말이 없을 지경입니다. 이것은 소재주의의 위험성을 내포하고 있다고 하더라도 우선 그 취재력에 후한 점수를 줄 수밖에 없을 듯합니다. 주위의 모든 정보를 소설 쓰기와 연결시켜 생각하는 평소 나 작가의 소설에 대한 열정의 산물이기도 할 터이기 때문이지요. 또한 평소 호기심이 많은 나 작가의 성격과 무관하지 않을 듯싶은데…, 맞나요? 새로운 이야기를 위해서라면 발품 팔기를 마다하지 않는 부지런한 성격도 관계 깊을 듯합니다.

그러나 나 작가의 소설이 소재가 가지는 그런 신이성(新異性)에만 기대고 있다면 재미는 크게 반감되고 말았을 것입니다. 나 작가의 소설들은 독특한 소재를 잘 가공하여 재료의 독특성에만 머물지 않고 인물의 성격과 사건의 역동적 구성 속에 잘 녹아들게 하고 있습니다. 그리하여 나름의 깊이 있는 의미망을 형성하는 데 성공하고 있다는 것이지요. 다시 말해, 소재의 신이성이 사회의 아웃사이더들인 인물의 성격과 조화를 잘 이루어 소외와 비행, 환멸이라는 삶의 기미를 잘 포착해내고 있다는 것입니다. 그런 면에 있어서 나 작가는 생경한 재료를 다듬어 훌륭한 맛을 낼 줄 아는 능숙한 요리사라고 할 수 있겠습니다. 어떤 독특한 재료를 가져와 이번에는 어떤 요리를 만들어 낼 것인가를 지켜보는 것도 나 작가의 작품을 읽는 재미일 것입니다.

나 작가의 소설은 흥미롭지만 어둡고 아픕니다. 이 어둡고 아픈 이야기가 나 작가 작품세계의 본령일 것입니다. 이제 그 아픈 상처에 대해서 이야기해 볼까요.

소설이란 에덴동산, 혹은 선험적 고향을 잃어버린 인간이 그것을 되찾기 위한 헛된 몸짓의 서사라고 했던 게 루카치였던가요. 돌아갈 수 없다는 사실을 알면서도 상실의 결핍감 때문에 인간은 에덴동산을 다시금 욕망한다고 합니다. 이 결핍과 욕망 사이에 인간의 삶이 가로질러 누워 있습니다. 나 작가의 소설 세계도 이 결핍과 욕망 사이에 걸려 있는 듯합니다.

나 작가의 소설이 지닌 그 어두운 아픔은 대부분 유년의 트라우마에 기인하고 있는 듯하군요. 특히 부모에 관한 상처는 나 작가의 소설을 일관되게 관통하고 있는 주제라 보입니다. 대부분의 작품에서 비정상적인 부모의 모습과 그로 인해 훼손되거나 결손된 가정이 등장하고 있습니다. 이것은 집요하다 싶을 만큼 반복되어 나타나는 모티프인데요, 특히 아버지가 부재하거나 정신적, 혹은 육체적인 장애를 가진 부정적인 인물로 설정되어 있군요. 그런 아버지 때문에 어머니는 심한 고생을 감수하거나 가정을 떠나지요. 「더미의 변명」에서 아버지는 일찍 세상을 떠나 부재하고, 돈을 벌기 위해 나를 외갓집에 맡기고 떠났던 어머니는 내 곁으로 돌아온 지 6개월 만에 교통사고로 목숨을 잃고 맙니다. 「금요일의 썸머타임」의 아버지는 육체적으로는 말더듬이 장애를 가지고 있으며 정신적으로는 자태 고운 어머니가 다른 남자를 볼 것이라는 강박증을 가지고 있는 인물이지요. 그런 아버지로부터 감금당하고 핍박받으며 어머니는 생선 가게를 운영하여 가족을 실질적으로 부양합니다.

> 가족과 함께 단란한 일요일을 보내고 일터로 나가는 사람들. 아버지는 월요일에 다른 날보다 술을 많이 마셨다. 그리고 엄마에게 패악을 부렸다. (…) 설핏 닫힌 방문으로 보이는 방 안엔 아버지가 막걸리와 신 김치를 앞에 놓고 술을 마시고 있었다. 색종이가 없어 학교에 가지 못한 나는 입가에 막걸리 자국을 남기고 잠든 아버지를 보았다. 월요일이 싫고 아버지가 미웠다. 일터가 없던 아버지는 자신의 무기력함을, 뜻대로 되지 않는 삶을 술 먹고 엄마에게 패악을 부리는 것으로 달래고 싶었던 것

일까?

「돈크라이」에서도 이 점이 반복되고 있군요. 주인공 '나'는 '엄마 없는 아이'로 자랍니다. '술을 마시고 갖은 패악을 부리던 아버지에게 질려 엄마가 떠났기' 때문이지요. 엄마의 부재는 어린 '나'에게 상처로 남습니다. '나를 버리고 집을 나갔던' 아버지는 현재 알코올 중독성 기억상실증에 걸려 요양원에 누워 있습니다. 「태풍을 기르는 방법」에서도 아버지는 병들어 '항상 자리에 누워 있던' 모습만 보이다 죽고 말지요. 어머니는 아버지의 친구인 황씨 아저씨와 내연관계의 개연성을 보이고 있습니다. 「정오의 붉은 꽃」에서도 '나'는 할머니와 단둘이 가난하게 살아가는 인물로 그려집니다. 「쥐의 성」의 아버지도 '술을 마시고 큰소리치며 엄마를 힘들게 했던 아버지'로 나옵니다. 아버지가 새로 데려온 여자의 배신행위로 인해 결국 아버지는 저수지에 몸을 던지는 것으로 생을 마감합니다. 「즐거운 인생」의 주인공 '나'도 '사고무친이며 또한 의지할 사람이 없는' 인물이지요.

이처럼 나 작가의 소설에 일관되게 나타나는 결손되거나 훼손된 부모의 부부관계는 주인공에게 극복하기 어려운 트라우마로 작용하고 있습니다. 주인공들은 부모 세대의 그런 비정상적인 애정 관계를 결코 자기는 되풀이하지 않겠다는 거의 강박에 가까운 의식을 보여 줍니다. 그러면서도 결핍된 모성과 부성에 대한 어쩔 수 없는 지향성을 가지게 되지요. '나'의 현재 애정관계는 대부분 이런 지향성을 바탕으로 형성된 것입니다. 따라서 현재 내가 만나는 여자나 남자는 그런 결핍을 채워 줄 대상으로서의 존재입니다.

「더미의 변명」의 '나'는 '백조'에게서 '젖 냄새'를 느낍니다. 그녀에게서 나는 '환장할 젖 냄새'는 모성 결핍의 기표로서 유년의 기억 속에 깊이 각인된 '프루스트 현상'의 결과이며, 나는 그녀에게서 모성을 느끼고 있음은 물론입니다.

"너에게서 젖 냄새가 나."

"젖 냄새?"

그녀가 나를 바라보며 깔깔 소리 내어 웃는다. 그녀의 입김에 촛농을 밟고 서 있던 촛불이 휘청 허리를 꺾고 뒤로 넘어졌다 일어난다. 마치 그녀를 따라 웃는 듯하다.

"혹시 어렸을 때 어머니와 많이 떨어져 지냈어?"

맥주를 한 모금 입에 머금던 나는 사레가 걸린 듯 다 삼키지 못하고 쿨룩거리고 만다. 그녀가 화장지 두 장을 뽑아 내 입가를 닦아 주며 조용히 말한다.

"내게서 젖 냄새가 나는 게 아니라 아마, 니 기억 속에서 나는 걸 거야."

"기억 속?"

나는 몸을 돌리고 그녀를 바라본다. 무릎을 끌어당겨 그 위에 머리를 올린 그녀가 잠시 생각에 잠기는 듯하다.

"그걸 프루스트 현상이라고 한대."

「금요일의 썸머타임」에서의 '그'는 모성과 부성을 동시에 느끼게 하는 대체물로 나타납니다. '나'는 그에게서 행복했던 시절의 아버지를 느끼는 동시에 어머니의 모성도 느끼고 있는 것이지요. '나'는 그의 등에 업혀 '어린 시절 아버지 등처럼 따스하다고 느끼는 순간'을 경험하기도 하고, '엄마 등에 얼굴을 묻고 겨드랑이 사이로 손을 뻗어 몰랑몰랑한 엄마 젖'을 만지는 유년을 느끼기도 합니다.

「돈크라이」에서 '내'가 '성경'을 특별한 여자로 생각하게 되는 것 역시 '성경'에게서 모성을 느끼기 때문이지요.

술병이 거의 바닥을 보일 때쯤 여자가 시선을 의식했는지 내 쪽으로 고개를 돌렸는데 눈에 눈물이 그렁그렁했다. 순간 엄마가 떠올랐다. 금방이라도 흘러내릴 듯 항상 눈에 눈물을 머금고 있던 여자. 내가 기억하는 엄마의 모습이었다. 나도 모르게 가슴이 먹먹해져 왔다.

「태풍을 기르는 방법」에서의 남편 역시 결핍된 부성의 대리충족 대상으로 설정되어 있습니다. '항상 자리에 누워 있던 아버지와 달리 건강한 그의 모습이 보기 좋았던' 것입니다.

「정오의 붉은 꽃」에서 '수경'도 모성적 이미지를 지니고 있음은 물론입니다.

건강하고 따뜻했던 예전의 그녀의 모습으로 돌아올 것 같다. 건강해진 수경이 몰랑몰랑한 젖을 엄마처럼 물리고 품에 안아 줄 것 같다.

유년시절에 결핍된 모성이나 부성에 대한 '나'의 지향성은 이렇게 집요하고 집착적으로 나타나고 있습니다. 그런 집요성과 집착성은 결국 그 지향성마저 순수성을 잃고 있음을 전제하고 있습니다. 다시 말해, 대상을 완전한 독립적인 인간 그대로 받아들이지 못하고 다른 대상의 모습을 덧씌워 받아들이고 있는 '나'의 의식은 곧 그 관계의 파탄을 내재하고 있다고 볼 수 있는 것이지요.

'나'는 언제나 모성과 부성이 충족된 애정관계, 부부관계를 꿈꾸거나 완전한 가정을 소망하고 지향하고 있습니다.

> 가족이라는 이름으로 묶인 그들 속에 섞일 수 없었던 나는 빨리 자라고 싶었다. 그리고 내 가족을 만들고 싶었다. 백조, 그녀를 만나는 순간 이 여자라면 내 평생을 바쳐도 아깝지 않을 것 같다는 생각이 들었다.
>
> -「더미의 변명」 중에서

'내'가 꿈꾸는 것은 '썸머타임'의 노래가사가 상징하고 있듯이 '물고기가 뛰고, 목화는 높이 자라고, 아빠는 풍족하고 엄마는 미인'인 세계,「돈크라이」의 가사처럼 '걱정 없고 행복한' 세계,「태풍을 기르는 방법」에서처럼 '장미향'이 가득한 세계, '태풍의 몸부림이 잦아 든 자리에' 뜨게 될 무지개의 세계, 알베니즈의 '전설'이 울려 퍼지는 세계, 즉 유토피아이고 에덴동산이고 고향입니다. 그런 유토피아를 '나'는 소망하고 꿈꿉니다. 아니 욕망합니다.

이것을 라캉 식으로 말하자면 '상상계'의 한계에 속합니다. 라캉에 의하면 유아는 타자와 자기를 동일시한다고 합니다. 특히 어머니와 동일시가 빈번히 일어나는데요, 어머니의 욕망을 자신의 욕망과 동일시한다는군요. 완전한 가정을 꿈꾸는 어머니의 욕망은 어느덧 '나'의 욕망이 되어 있습니다. 이러한 단계에서는 비활동성 혹은 고착이 특징적인데, '타자의 욕망과 자신의 욕망을 구별하지 못하는 오인 혹은 환상의 단계에서 빠져나오지 못하기에 타자의식이 전혀 없다'고 합니다. 그래서 그 욕망은 대상을 찾게 됩니다. 대상의 욕망이 자신의 욕망과 동일하고 그 대상이 자신의 욕망을 충족시켜 주리라 믿습니다. 「더미의 변명」의 '백조', 「금요일의 썸머타임」의 '그', 「돈크라이」의 '성경', 「정오의 붉은 꽃」의 '수경' 등이 바로 그 대상이 됩니다. 그들이 주체인 '나'의 결핍을 완전히 채워 줄 것이라고 믿고 있는 것이지요. 그러나 그 대상을 얻어도 욕망은 채워지지 않습니다. 대상은 실재처럼 보였지만 허구이기 때문입니다. 그것을 깨닫는 단계를 '상징계'라고 하던가요. '나'는 비로소 객관화된 자아를 인식하게 되고 대상의 허위성을 깨닫게 됩니다. 그리고 결핍은 여전히 남게 됩니다. 그게 우리 인간의 삶의 조건입니다. 나 작가의 작품에서는 대부분 대상의 배신이나 장애, 환멸 등에 의해 대상의 허구성이 드러나게 되어 있더군요.

맞습니다. 현실의 삶은 그렇게 녹록하지 않지요. 그 꿈은 현실의 불온한 기운에 의해 여지없이 배신당하거나 깨지고 말지요. 현재의 삶은 '나'의 꿈과 상관없이 끝없이 균열되고 불온해집니다. '내'가 가족이 둘러앉아 도란도란 이야기를 나누며 단란한 식사를 할 수 있는 완전한 식탁을 꿈꿀수록 삶은 '불온한 식탁' 위에 오른 불온한 요리로 변해 있습니다. 그것은 쥐가 들끓는 성이요, '더미'의 허위적인 삶이 됩니다.

「더미의 변명」에서 백조는 나를 배신하고 범털 형님과 내연의 관계임이 드러나지요. '나'를 희생물인 '더미'로 삼는 범털 형님의 음모도 드러납니다. 「금요일의 썸머타임」의 '그'는 어머니를 다락방에 가두고 못질을 하면서 어머니를 완전하게 소유하려 했던 '나'의 아버지의 모습처럼 '나'를 완전히 소유하고 싶어합니다. 「돈크라이」의 '성경'은 '나'를 속이고 퇴폐클럽에 출연하여 몸을 팔고 있습니다. 「태풍을 기르는 방법」에서 남편은 아버지처럼 병들어 있고, 「정오의 붉은 꽃」의 수경 역시 병들어 있습니다. 「쥐의 성」에서의 현실은 그야말로 쥐들이 수시로 출몰하는 세계이며, 남편과 강주의 비정상적인 성적 관계의 암시로 인하여 훼손되어 있는 세계입니다.

'내'가 그토록 벗어나려 소망했던 부모의 비정상적인 관계는 내 삶에 반복될 뿐입니다. '불온한 식탁'은 '내' 의지와 상관없이 '내' 삶에 반복됩니다. 이런 비관적인 삶의 이해가 나 작가 소설의 주요한 주제를 이룬다면 동의하실는지요. 무릇 우리네 삶이란 그런 영원한 결핍과 욕망 사이에 가로놓여 있다는 통찰이 나 작가 소설을 의미 있게 하는 것이란 생각이 듭니다. 상처받은 이에게 보내는 그런 안쓰러운 시선과 공감의 위로가 어둡고 아픈 나 작가의 소설들을 빛나게 하는 점이라고 한다면 지나친 해석이 될까요.

더구나 삶의 그런 조건에도 불구하고 다시금 새로운 삶을 모색하고 있는 '나'의 지향은 나 작가의 소설의 의미를 더 깊게 합니다. 물론 '실재계'의 인물들이 또다시 욕망의 좌절과 결핍을 경험하리라는 걸 알고 있다 하더라도 '나'의 그런 시도는 분명 에덴동산을 포기하지 않는 우리네 삶의 또 다른 의미가 될 것이기 때문입니다.

'나'는 삶이 그러함에도 불구하고 또 다른 희망의 노래로 스스로를 위로하면서 새로운 삶을 꿈꾸고 있습니다. 「태풍을 기르는 방법」에서는 태풍이 현재의 불온한 삶을 일소하고 새로운 세계를 가져다주기를 소망하고 있고, 「쥐의 성」에서는 보일러가 폭발하여 불온한 쥐의 성이 영원히 사라지기를 소망하여 보일러의 스위치를 내리지 않고 외출을 하게 되는 것이라고 보입니다.

태풍의 몸부림이 잦아 든 자리에 무지개가 뜰 것이다. 행과 불행이 공존하는 삶의 길 위에 한층 거세진 비바람이 몰아치고 있었다. 폐허를 딛고 뉴올리언스 마르디그라 축제가 다시 열리면 흰자위에 검은 점이 박힌 소녀는 황홀하고 현란한 춤을 다시 출 것이다. 그때쯤 그를 이해할 수 있을지도 모르겠다는 나의 읊조림을 무지개를 잉태한 비바람이 자꾸 삼켰다.

-「태풍을 기르는 방법」 중에서

나는 전에 없는 밤 외출을 위해 대문을 나선다. 어스름한 골목길로 접어들자 내 앞을 가로막으며 커다란 쥐의 그림자가 드리워지는 것 같다. 급히 고개 돌려 뒤를 돌아보는 내 눈에 낡은 일본식 이층집이 보인다. 어둠에 붙들린 건물이 금세 내 앞으로 쓰러질 것 같다. 나는 걸음을 재촉한다. 휘황한 간판들이 즐비한 거리. 북적이는 인파 속으로 밀려들어 간다. 이

제 이 도시에서 쥐의 성은 영원히 사라질 것이다. 잠이 쏟아진다.

-「쥐의 성」 중에서

「금요일의 썸머타임」 마지막 부분도 새로운 삶의 모색에 대한 암시가 분명하게 드러나 있습니다. 「돈크라이」에서도 환멸을 표현하고 있긴 하지만 삶에 대한 완전한 좌절에 이르지는 않고 있는 점을 확인할 수 있습니다.

나는 몸을 돌린다. 어둠 속에 서 있는 오피스텔이 보인다. 경쾌하게 울리는 구두 소리를 들으며 나는 썸머타임의 가사를 읊조린다. 그러니 쉿, 아가야 울음을 그치거라. 나의 창에 불이 환하게 밝혀져 있다.

-「금요일의 썸머타임」 중에서

창을 타고 흐르는 비처럼 흐느적거리며 걷던 내 입에서 노래가 흘러나온다. Ain't got no place to lay your head(설사 머리를 기댈 곳이 없고), Ain't got no gal to mark you smile(널 즐겁게 해 줄 여자 친구가 없어도), Don't worry, be happy. Don't worry, be happy….
나는 Don't worry, be happy를 주문처럼 읊조린다. 허공으로 흩어져 사라지는 내 노래가 돈크라이 간판에서 흘러나온 현란한 불빛 속으로 빨려 들어가는 듯하다.

-「돈크라이」 중에서

「금요일의 썸머타임」의 '나'는 유년의 트라우마를 극복하기 위한 '반복강박'에서 벗어나려는 의지를 보여 주고 있는데, 이는 새로운 세계의 삶을 재설정하고 있음에 다름 아닐 것입니다. 다섯 벌의 원피스를 갖다 버리는 '나'의 행동이 바로 그것이랄 수 있겠지요. 이러한 '나'의 의미 있는 시도가 부디 새로운 결핍의 덫에 걸리지 않기를 소망해 봅니다.

나 작가 소설의 또 하나의 특징은 에로티시즘의 세계라고 보이는데요, 맞나요?

대부분의 작품에서 에로티시즘이 주요한 모티브로 등장하고 있는 것은 확실합니다. 「더미의 변명」, 「금요일의 썸머타임」, 「돈크라이」, 「정오의 붉은 꽃」 등의 작품에 예외 없이 강렬한 에로티시즘이 표출되어 있습니다.

> 내게 다가온 그녀가 내 손을 잡아끌었다. 또다시 그녀에게서 비릿한 젖 냄새가 났다. 환장할 그 젖 냄새. 익스프레스라고 적힌 트럭 뒤로 내 손을 이끈 그녀가 옆이 트인 치마 사이로 다리를 들어 내 사타구니 사이로 집어넣었다. 그리고는 내 바지 지퍼 위로 손을 얹었다. 나는 애써 몸을 뺐지만 손은 어느새 그녀의 가슴으로 가고 있었다. 그녀의 대리석 같은 살결은 따뜻했다. 손바닥에 와 닿는 그녀의 팔딱이는 심장 소리를 느끼자 노곤한 피로가 몰려왔다. 눈을 감았다. 내 머리를 쓰다듬는 그녀의 손길에 내 입에서 외마디 탄식이 새어 나왔다.
>
> -「더미의 변명」 중에서

여자가 꼬았던 오른쪽 다리를 큰 원을 그리며 내려놓는다. 다리 사이로 보이는 거뭇한 거웃이 뇌쇄적이다. 다가온 강도식의 허리를 여자가 다리로 휘감을 때 '열 장의 날개 주인공'이 나타났다는 음성이 들린다. 강도식이 여자를 안아 일으킨다. 허리를 감은 다리를 밀착시킨 여자의 얼굴이 강도식의 어깨에 걸린다. (…) 환한 주황색 불빛이 무대를 향해 내리꽂힌다. 격렬한 몸놀림을 하는 남녀를 따라 움직인다. 내 몸이 가위눌린 것처럼 움직여지지 않는다. 황홀한 표정을 짓는 성경의 얼굴, 그녀를 안고 무대를 천천히 돌고 있는 강도식, 낮은 탄성을 내지르는 객석의 인간들이 모두 하나 되어 나를 속이고 조롱하는 것 같다. 수초 간격으로 바뀌는 불빛에 뒤섞인 그들이 여러 가지 색으로 마구 범벅된 물감처럼 혼탁하게 보인다.

-「돈크라이」 중에서

나는 그녀의 몸속으로 깊숙이 침입한다. 순간 내 몸에 숨어있던 모든 감각이 날을 세우고 일어나는 것 같다. 격렬하게 그녀의 몸을 유린한다. 마치 내가 캡틴이 된 것 같다. 어지럽다. 눈 아래로 그녀의 동그마한 엉덩이가 흔들리고, 사당의 금줄에 매달린 남근이 흔들리고, 빨간 뽈똥 열매가 흔들리고, 수경의 수척해진 얼굴이 흔들린다. 눈 감은 나의 몸짓이 더욱 격해져 간다.

-「정오의 붉은 꽃」 중에서

연속적인 여자의 신음. 간헐적으로 들리는 남자의 흥분된 외마디에 유두가 빳빳해지는 느낌이다. 방문을 돌려 본다. 쉽게 열린다. 문틈으로 방문을 마주보고 앉아 있는 텔레비전 화면이 눈에 들어온다. 네모진 화면 안에서 벌거벗은 남녀가 서로의 성기를 열심히 빨고 있다. 화면이 각도를 달리해 바뀔 때마다 신음과 야합한 붉은빛이 잠자고 있는 이들 위에서 배회하고 있다.

-「쥐의 성」 중에서

나 작가 소설의 에로티시즘은 인간의 원초적 본능의 표현이라거나 자연성의 표현으로 보기는 어렵겠습니다. 그보다는 불온하고 부정적인 듯하군요. 빈번하게 나타나는 에로티시즘적 모티프는 대체로 비정상적인 대체물로 나타나 있다는 것입니다. 온전하게 순수한 애정의 바탕 위에 성립되어 있지 않다는 것이지요. 오히려 그것은 왜곡된 애정의 도착을 표현하는 데 기여하고 있습니다. 「더미의 변명」에서 백조와 범털 형님의 정사 장면은 '나'의 애정 전선을 파탄으로 이끕니다. 「금요일의 썸머타임」에서 '나'와 '그'의 애정 장면 이후 '그'가 어머니를 완전히 소유하려 했던 아버지처럼 '나'를 소유하고 싶어하고 있음을 알게 됩니다. 그와의 결혼이 결국 아버지처럼 나를 구속할 것이란 강박감은 결국 그와의 결혼을 포기하게 하지요. 애정의 파탄에 이르는 것은 역설적으로 정사 장면을 계기로 하고 있다는 점에 주목할 필요가 있겠습니다.

「돈크라이」의 성경과 강도식의 공공연한 정사 장면 역시 주인공의 모성지향성에 대한 환멸을 부추깁니다. 「태풍을 기르는 방법」에서는 남편의 섹스에 대한 탐닉이 병적 징후로 그려지고 있습니다. 이처럼 나 작가의 에로티시즘은 진정한 연인들에게서 발견되는 정신적 공감의 영역과 육체적 융합이 일치하는 것이 아닌 듯합니다.

조르주 바타유는 『에로티즘』에서 에로티시즘을 육체적 에로티시즘, 심정적 에로티시즘, 신성의 에로티시즘으로 개념화한 바 있습니다. 그러나 이는 엄격히 분리되는 개념이 아닙니다. 바타유는 이 세 가지 형태의 에로티시즘 중, 근본적인 것으로 육체의 에로티시즘을 들고 있는데, 심정적 에로티시즘도 결국 육체적 에로티시즘의 안정된 한 가지 유형에 지나지 않는다고 보는 것입니다. 사랑에 빠진 사람은 연인과의 육체적 결합과 심정적 결합을 통해 완전한 융합에 이르고, 불연속적인 개체인 그들이 연속성을 획득하리라고 생각합니다. 다시 말해 사랑하는 대상을 소유한다면, 고독에 짓눌린 심정이 사랑하는 대상과 하나가 될 것이라 기대하지만 그 기대는 착각이라고 합니다. 그것은 에로티시즘의 근본 동력이 되는 열정의 성격 때문이라는군요. 열정은 행복에 대한 기대에도 불구하고 동요와 혼란을 수반합니다. 격렬한 에로티시즘적인 열정은 대부분 고통을 낳습니다. 앤소니 기든스는 사랑을 이상화되고 모성적인 '낭만적 사랑'과 사랑의 감정과 에로티시즘의 일반적 연관을 표현하는 '열정적 사랑'으로 나누고, '열정적 사랑'에 빠진 사람의 관심은 자신이 사랑하는 대상에 너무도 강력히 묶여 있어 인간관계라는 면에서는 파괴적이고 위험한 것이며 일종의 질병과 같은 광기라고까지 했습니다.

열정의 이러한 성격 때문에 에로티시즘은 이미 '침울하고 어두운 어떤 것'을 내재하고 있다고 할 것입니다. 나 작가의 작품에 나타나는 에로티시즘도 불안과 혼란을 내재하고 있습니다. 「더미의 변명」에서 '나'는 '백조'와의 모성적 사랑이나 '낭만적 사랑'을 꿈꾸지만, 혹은 육체적 에로티시즘과 심정적 에로티시즘의 행복한 결합을 꿈꾸지만 그것은 착각인 게 드러납니다. '백조'와 '범털 형님' 사이의 에로티시즘의 설정이 '백조'와 '나' 사이의 심정적 에로티시즘이나 '낭만적 사랑'의 결여를 여실히 보여 주고 있습니다. 「돈크라이」의 에로티시즘도 마찬가지입니다. 이처럼 나 작가의 작품에 드러나는 에로티시즘은 육체적 에로티시즘이나 심정적 에로티시즘의 어느 한쪽이 결여되어 있음을 일관되게 보여주고 있습니다. 「더미의 변명」이나 「돈크라이」에서는 심정적 에로티시즘이 결여되어 있다면 「정오의 붉은 꽃」에서는 육체적 에로티시즘의 결여를 보여 주고 있습니다. 여기서 별장의 여자와 나누는 격렬한 섹스는 수경과의 섹스 결핍에서 오는 반대급부로 개들의 교배와, 남근상의 모티프와 오버랩되면서 육체적 의미를 형성하지만 그렇다고 그것이 온전히 에로티시즘의 긍정으로 나아가지는 않습니다. 그녀와의 섹스에서 '나'는 여전히 '수경'을 떠올리고 있기 때문입니다. 이것은 수경과 '나' 사이에 심정적 에로티시즘만 존재할 뿐 육체적 에로티시즘이 결여되어 있으며 반대로 '나'와 '별장 여자'와의 사이에는 육체적 에로티시즘만 있을 뿐 심정적 에로티시즘이 결여되어 있다고 보입니다.

이처럼 나 작가의 에로티시즘은 어느 한쪽이 결여된 불구의 에로티시즘으로 불안과 혼란과 환멸을 내포하고 있습니다. 바타유는 섹스를 작은 죽음으로 표현한 바 있는데 「태풍을 기르는 방법」의 '나'

역시 섹스를 '버거운 무게를 감당하지 못한 태풍이 몸부림칠 때 공포에 떠는 인간들이 몰입하는' 것으로 파악하고 있다는 것은 나 작가의 에로티시즘의 성격을 단적으로 보여 주는 것이라고 할 수 있겠습니다. 그것은 불온한 에로티시즘으로 모두 불온한 식탁을 구성하는 모티프로 작용하고 있다는 것이지요. 나 작가의 작품에 나타나는 에로티시즘은 주제를 형상화하는 데 효과적으로 기여하고 있다고 생각됩니다. 전체의 구성과 인물의 성격이 에로티시즘의 성격과 잘 맞아떨어진다고 할까요.

나 작가의 소설은 얼핏 보면 페미니즘의 자장(磁場) 속에 위치하고 있는 것처럼 보입니다. 소설에 등장하는 아버지의 상이 대부분 여성을 구속하거나 가족에 무책임하거나 이기적인 애정행각을 자행해서 가족에게 상처를 주는 부정적인 것이기 때문이지요. 그런 아버지상은 전근대적인 가부장적 권위자로서의 아버지의 모습을 닮아 있고, 또 그런 아버지의 행태가 어머니나 '나'에게 억압으로 작용하고 있어, 페미니즘의 기의와 흡사한 데가 있습니다.

그러나 그런 부정적인 아버지의 존재가 가부장적 사회구조 내에서 형성되었다거나, 그런 사회구조의 기표로서 작동하고 있지는 않는 것으로 보입니다. 그 각각의 아버지는 사회구조의 기표가 아니라, 열등감이나 장애성에 의한 성격을 띠고 있기 때문입니다. 그래서 '나'의 아버지가 억압적이거나 권위적인 모습으로만 그려지지 않고 연민의 대상으로 나타나기도 하는 이유가 거기에 있을 것입니다.

「더미의 변명」에서 아버지는 희화적이게도 '김일의 박치기'를 구경하다가 뇌출혈로 세상을 떠납니다. 「금요일의 썸머타임」의 아버지 역시 희화적으로 그려져 있는데 측간에서 볼일을 보다 소가 그의 엉덩이를 핥는 바람에 말더듬이가 됩니다. 그것이 아버지의 아내에 대한 열등감이 되고 어머니를 다락방에 가두고 '나'를 구속하는 계기가 됩니다. 결국 비극의 발단은 소의 못된 소행에 있게 되는 셈인데요. 이는 아버지의 억압성이 사회적 구조 속에 있지 않고 개인적 계기에 있었다는 이야기일 수 있습니다.

「돈크라이」에 나타난 아버지에 대한 '나'의 의식도 개인적 아버지에 관한 것이지 사회적 아버지는 아닌 듯합니다. 물론 '술을 마시고 어머니에게 패악을 부리는' 성격적 결함이 어머니를 떠나게 했고 또 그것이 당시 사회의 가부장적 의식이나 구조 속에 기인하고 있다고 해석할 수도 있겠으나 '나'의 아버지에 대한 의식은 다소 연민의 감정으로 나타나고 있음도 사실인 듯하군요.

「태풍을 기르는 방법」에 나타난 아버지나 남편은 분명한 연민의 대상으로 나타납니다. 병석에 누워 나에게 옛날이야기를 들려주며 눈물을 흘리는 아버지는 가부장적 아버지의 모습과는 거리가 있습니다.

이처럼 나 작가의 소설은 대사회적 의미를 억지로 의도하지도 않으며 하나의 주의를 표방하지도 않는 것으로 파악됩니다. 나름대로의 인간과 인생에 대한 이해를 바탕으로 충실하게 소설 문법을 따르고 있을 뿐이라는 생각입니다. 페미니즘이란 하나의 시각으로 나 작가의 작품을 재단하기에는 곤란한 측면이 있어 보입니다. 나 작가가 시도하는 인간 이해는 그보다 훨씬 폭이 넓은 것으로 보이는데, 나 작가의 생각은 어떤지 궁금하군요.

반대로 나 작가의 소설이 부정적 남성상을 드러내면서도 왜 페미니즘적 문법에 충실하지 못하고 어정쩡하냐고 비판할 수도 있겠습니다. 그러나 나 작가의 소설이 인간의 이해에 초점이 맞춰져 있지 사회적 시각에 있지 아니하다는 점을 인정한다면, 한 작가에게 특정한 시각을 요구하는 것은 온당하지 못해 보입니다. 우리가 소설에서 기대하는 것이 반드시 대사회적 의미일 필요는 없기 때문일 것입니다. 그것은 편협한 주의자를 요구하는 것 이상도 이하도 아닐 것입니다. 나 작가의 소설은 처음부터 그런 의미를 의도하지도 않았고 구조적으로 형상화하지도 않고 있습니다. 그것은 나 작가의 한계가 아니라 폭넓고 보다 융숭한 인간 이해의 표현이라고 믿어집니다. 소설은 사회적 감수성을 요구하기도 하지만, 더 넓게는 개인적 감수성에 더 많이 기대고 있는 예술이라고 생각합니다.

나 작가의 소설 문체에 대해서도 언급을 하고 넘어가야겠습니다. 나 작가 소설의 문체적 특징은 우선 그 다양한 어조의 변주에 있을 것입니다. 나 작가의 어조는 때로는 섬세하고 결이 고운 감수성을 지니기도 하고 때로는 '좆같이 아름다운 세상'이란 표현처럼 불온하기도 합니다. 이러한 어조의 변주는 독특하게 소설을 잘 읽히게 하는 효과를 발휘하는 것으로 보입니다.

문체는 기법이다, 라는 말에 동의한다면 상징 기법에 주목해 볼 필요가 있겠습니다. 나 작가는 상징을 능란하게 잘 사용하고 있다고 보입니다. 「더미의 변명」에서 '더미'는 결국 소설 속 주인공이 이용당하는 허위적 삶의 상징이며, '젖 냄새'는 모성의 상징입니다. 특히 '썸머타임', 'Don't worry, be happy', '전설' 등의 음악은 주제를 형상화하는 주요한 상징물로 보입니다. 이 밖에도 '장미향'과 이에 대비되는 '개고기 냄새', '젖 냄새', '허브향' 등은 후각적 이미지를 활용한 상징물이지요. 「태풍을 기르는 방법」의 '태풍'이나 「금요일의 썸머타임」의 '원피스'를 버리는 행위는 이 불온한 현실을 일소하고 새로운 삶으로의 모색을 꿈꾸는 의미를 상징하고 있다고 보이는군요. '쥐'는 삶의 불온성을 가장 리얼하게 보여 주는 상징물로 생각됩니다. 이러한 상징물들은 주제를 효과적으로 드러내는 데 기여하고 있고 문체를 보다 풍부하게 해 주고 있음은 물론입니다.

이상에서 나 작가의 첫 창작집에 실린 작품의 특징을 나름대로 정리해 보았습니다. 그러나 이 해설의 내용은 어디까지나 필자의 개인적인 견해일 뿐입니다. 나 작가의 작품 의도와 동떨어진 해석도 있으리라 생각됩니다. 그건 전적으로 필자의 독서 능력의 부족에서 오는 것이지 나 작가의 역량 문제가 아니라는 점을 밝히고 싶습니다. 또 다른 가능성과 한계의 발견은 다른 독자의 몫일 것입니다.

작품집을 다 읽고 느낀 소감을 한마디로 줄이면 즐거움이 될 것입니다. 나 작가의 작품세계가 현재보다 훨씬 더 넓은 가능성의 지평에 서 있다는 점을 발견하는 즐거움 말입니다. 책 한 권을 지루하지 않게 한 나절 동안에 다 읽게 하는 나 작가의 역량을 발견해 나가는 즐거움이기도 할 것입니다. 그것이 또한 나 작가의 다음 작품집이 기다려지는 이유라 할 수 있겠습니다. 특히 작품집 마지막에 실려 있는 「즐거운 인생」은 앞으로 나 작가의 새로운 변모를 예감케 하는 작품이라 반갑습니다. 나 작가의 더 큰 성취와 정진이 있기를 바랍니다.

부산 소설의 여름 풍경

1. 시간과 기억

시간이란 비정한 것이다. 그것은 무자비하게 흘러간다. 우리의 모든 소망과 감정과 의지와 상관없이 그것은 한 치의 빈틈도 없이 무표정하게 흘러간다. 시간이 흘러간 뒤에 남는 것은 우리가 그 시간 속을 걸어왔던 모래밭 위의 발자욱뿐이다. 우리는 늘 '지금 여기'의 시간을 잡고 싶어 하지만 그 실존의 순간은 늘 모래알처럼 손가락 사이로 빠져 달아나버리고 우리가 늘상 들여다보는 것은 텅 빈 손바닥의 손금뿐이다.

그 손금 속에는 우리가 살아온 일상의 시간이 지도처럼 축적되어 있다. 또한 그 시간의 지도 속에는 때로는 게릴라처럼 느닷없이 우리를 기습하는 삶의 상처와, 때로는 조금씩 조금씩 우리의 의식을 갉아먹다 어느 날 뒤돌아보면 이미 돌이킬 수 없는 질병이 되어 있는 삶의 부조리와, 때로는 지루한 권태와, 때로는 우리의 영혼을 뒤흔들었던 열정과 좌절들이 좌표처럼 늘어서 있다.

그리고 그 모든 것은 이제 우리의 기억의 창고 속에 하나의 이미지로 저장되어 있을 뿐이다. 그 기억의 창고로부터 그 삶의 상처와 부조리와 권태와 열정과 좌절을 '지금 여기'로 다시 고스란히 소환하는 형식, 그것이 소설이다.

삶의 일상은 늘 우리에게 적대적이다. 그것은 한 번도 우리에게 우호적인 눈길을 보낸 적이 없다. 우리의 삶과 상관없이 저 갈 데로 또박또박 흘러가는 시간처럼 비정하다. 이러한 일상과 시간의 비정함을 인식하는 것에서 소설쓰기는 시작된다. 시간이 무화된 에덴동산으로부터 유한한 시간의 세계로 추방되면서 소설은 시작되는 것이다.

그러나 우리의 기억은 시간에 반란을 꾀한다. 우리의 기억은 저 선조적이고 기계적이고 무채색인 자연의 시간을 우리의 임의대로 줄이고 늘이고 비틀고 때로는 망각의 형태로 생략하기도 한다. 또한 기억은 시간에 다양한 감정의 스펙트럼을 물들인다. 그리하여 마침내 자연의 시간은 인간의 시간이 되는 것이다. 기억은 우리의 삶을 특별하게 하고 기억의 집적은 우리의 삶을 변화시킨다. 우리를 변화시키는 것은 시간이 아니라 그 시간 속을 아프게 살아온 우리의 기억들이다. 소설은 그 아픈 기억에 대한 기록이다.

삶의 일상과 시간이 주는 비우호성이 소설을 쓰게 한다. 그리하여 소설은 대부분 아픔의 기록일 수밖에 없다. 그러나 소설은 우리로 하여금 상처와 부조리와 권태와 열정과 좌절 속에서 새로운 삶의 가능성을 발견하게 하고 우리가 '지금 여기' 있는 의미를 사유하게 한다. 다시 말해 에덴동산으로 돌아갈 길을 모색하게 한다. 물론 그 회귀의 길은 가능성의 길이지 실재하지 않는다. 그것은 시지프스의 길이다. 성공하지 못할 줄 알면서도 끝없이 시도할 수밖에 없는 아이러니의 길이기도 하다. 우리의 삶의 길이 그러한 것처럼 소설의 길 또한 그러하다.

이남희의 「뜰 앞 잣나무」(『작가와 사회』, 2007년 여름호)는 우리의 삶에서 기억과 시간의 문제를 의미 있게 드러내고 있는 작품이다. 주인공 '여자'는 치매에 걸린 어머니를 간호하는 과정을 통해 어머니가 살아온 삶과 병행하여 자신이 살아온 삶을 돌아본다. 둘째 딸도 잘 알아보지 못하는 어머니의 기억은 줄곧 6·25 동란 때 피난 내려가 살던 부산에 머물러 있다. 어머니의 삼, 사십대의 기억이다. 그러니까 어머니의 정신은 '지금 여기'에 있지 않고 먼 기억 속에 머물러 있다. 또한 여자에게는 젊은 대학생 아들이 있다. 아들 현수는 뭔지 모를 고민에 빠져 무기력하게 방구석에 틀어박혀 있다. 이런 어머니와 아들을 통해 여자는 자신의 지나온 삶을 차례로 기억해낸다. 부산의 어린 시절과 청주에서의 청소년기와 대학시절과 진보된 미래를 위하여 투쟁하고 싸우던 시절……. 그 모든 시절은 모두 다 무엇을 갈망하던 시절이었다. 책을 갈망하고 남자를 갈망하고 민주사회를 갈망하는 자신의 몸짓에서 여자는 때때로 '지금 여기'에 안착한 듯한 느낌을 갖는다. 그러나 '지금 여기'는 착각일 뿐이다. "남는 것은 갈증뿐이다." 그러나 "이십대 내내 여자는 찾아다닌다. 자신도 모르는 어떤 것을. 결사적으로. 그건 맞지 않는 열쇠를 갖고 문을 열려는 것처럼 헛수고를 하는 셈이었으나 이십대인 여자는 깨닫지 못한다."

여자가 그 사실을 깨닫는 것은 서술적 현재인 지금이다. 중년의 나이, "폐경과 더불어 깜빡 잊는 증상"이 찾아온 나이에 이르러서야 여자는 자신뿐만 아니라 모든 이들이 "몸은 지금 여기 두고도 정신은 다른 곳에 가 있는 게 보통"이라는 사실을 깨닫는다. 그리고 '지금 여기'를 잡으려 "타는 목마름에 시달리며 좌표도 없이 표류"하던 자신의 청춘에 대하여 연민을 표한다.

자신이 살아온 시간과 기억으로부터 한 발짝 물러서기. 이 소설이 말하고자 하는 것은 이것이 아닐까. 한 발짝 물러설 때 비로소 시간이 보이고 자신의 삶이 명징하게 보인다. 장을 달리 할 때마다 첫머리에 "7:00 AM, 9:00 AM, 1:00 PM, 7:00 PM"이라는 시간표시를 붙여둔 것은 바로 이런 화자의 시간 의식을 나타낸다고 볼 수 있다.

이 작품의 미덕은 바로 여기에 있다. 삶을 관조하는 정신의 높이 혹은 깊이가 그에 꼭 알맞은 그릇에 부족하지도 넘치지도 않게 소담스레 담겨 있는 느낌을 준다. 삶의 기억과 살아온 시간에 대한 관조의 높이를 압축적으로 그려놓은 말미 부분은 그래서 더욱 상쾌하고 웅숭하다.

"바다 위에 드문드문 떠 있는 암초와 같은 작은 섬들. 암초를 핥으며 밀려났다가 밀려가는 바다의 물결, 저편 섬들마다 그 위엔 누군가가 있다. 몸이 허공으로 쑤욱 올라가면서 그 섬들이 지척인 듯 자세히 보인다. 하나의 섬마다 각각 꼬마인 여자가, 손오공처럼 꽉 죄는 모자를 쓴 여자가, 해독도 안 되는 에티카를 끼고 의기양양한 여자가, 혼자 나부끼는 깃발에 놀라 눈을 휘둥그렇게 뜬 여자가……. 모두들 손을 흔든다."

기억 속의 자신이 현재의 자신에게 손 흔들기. 올해 50세인 58년 개띠생 작가 이남희가 보여주는, 괜한 포즈를 잡지도 않고 엄살 부리지도 않고 화려하게 치장하지도 않고 투박하지도 않은, 나잇살에 알맞은 내공이 우러나는 진중하면서도 따뜻해 보이는 몸짓이다.

박영애의 「생이알의 유희」(『작가와 사회』, 2007년 여름호)도 공교롭게도 이남희의 「뜰 앞 잣나무」와 흡사한 구조를 가진다. 중년의 여인인 '나'가 있고 팔순의 노모가 있다. '굶어버리기'로 영양실조와 골다공증을 앓고 있는 노모의 생을 통하여 '나'는 자신의 지나온 시간을 반추한다. 그 시간 속에서 "이지러진 내가 아니라 오롯한 입술을 열어 내 속에 펼쳐진 황무지를 그대로 드러내 보이고 싶어 하는, 내게도 낯설어져 버린" 자신을 발견하기도 한다. 과거의 기억 속에 "갉아먹혀버린 듯한", "기계적인 시간과 정서적인 시간 사이에 끼어 삶의 리듬을 놓쳐버린 어머니"를 때로는 짜증스럽게 때로는 처연하게 바라본다. 일상의 삶이 주는 상처들, 그 상처의 기억은 어머니와 '나'를 아프게 한다. '나' 또한 남편과 불화 중이고 극심한 통증의 대상포진을 앓고 있다.

이모는 어머니와 다른 방식으로 그 상처를 견뎌내고 있다. 음식을 만들고 먹는 것을 즐기며 또 그것을 이웃에 나누어주기를 즐긴다. 젊었을 적에는 어머니보다 오히려 더 고생을 했지만, 씩씩하고 적극적으로 노년의 삶을 영위하고 있다. 어머니와 이모의 이러한 대조적인 삶의 모습은 작품의 전체적인 골격을 균형감 있게 잡아주고 주제를 뚜렷하게 드러내는 데 기여한다.

그러나 마지막 반전을 통하여 그런 이모 역시 얼마나 큰 외로움과 싸우고 있는가를 보여줌으로써 이모의 성격을 입체적으로 조명하는 것은 이 작가의 역량을 보여주는 대목이다. 할머니와 계모 할머니, 어머니, 이모, 그리고 자신에게까지 이어지는 세월 속에서 우리 모두의 삶이 가지는 상처가 서로 닮아 있음을 발견하는 작가의 눈은 깊다. 그리고 그런 서로의 상처를 쓰다듬으며 '서로를 부축하며 산모롱이를 돌아가는' 두 노인의 모습은 아름답다.

우리네 인생이란 연약하디연약해서 상처받기 쉬운, 그래서 서로 연민해야 할 생이알에 지나지 않는다는 것이 박영애가 하고 싶은 말일 것이다. 「뜰 앞 잣나무」가 삶의 상처로부터 관조적으로 물러서기를 하고 있다면 「생이알의 유희」는 이처럼 상처를 쓰다듬으며 삶의 상처와 화해를 시도하고 있다.

그러나 모든 장점에도 불구하고 이 작품이 가지는 약점은 그 상처와의 화해가 상투적이라는 데 있다. 우리 삶의 상처를 다른 시각으로 바라볼 순 없을까, 이건 익히 보아왔던 결말이 아닌가 하는 생각이 든다. 또한 가족 관계를 너무 복잡하고 방만하게 언급하는 것은 두 노인에게 집중해야 할 초점을 흐리게 하여 단일한 효과와 감동을 자아내는 데 방해 요소가 되고 있다.

2. 사랑과 집착

인간의 감정 중에 사랑만큼 강한 것이 있을까. 특히 남녀 간의 그 열정적인 사랑 말이다. 그래서 토마스 만은 사랑이 죽음보다 강한 것이라고 했고, 스탕달은 자기의사와는 상관없이 찾아오는 열병이라고 했다. 셰익스피어는 심지어 사랑은 일종의 광증이라고 했던가.

그 강렬성으로 인하여 사랑은 예술의 오랜 주제가 되어왔다. 오랜 주제임에도 불구하고 늘 새롭게 다가오는 것이 또한 사랑이다. 우리가 잘 아는 주제이지만 그것은 지극히 복잡하고 다양한 얼굴을 지녀서 늘 탐구의 대상이 되어왔다.

조명숙의 「나비의 저녁」(『좋은 소설』, 2007년 여름호)에서는 한 남녀의 사랑 이야기가 나온다. 오윤은 그녀보다 "열 살이나 많았지만 활달하고 사교성이 좋았으며, 장르가 분명치 않은 분야의 예술가를 자처"하는 남자와 사랑에 빠진다. 그는 "집안에 흙을 들여놓고 뭘 잔뜩 만들더니 그것을 산에 파묻어놓고 와서 쓴 시를 읽어주는" 기이한 인물이다. 그러므로 오윤과 그 남자의 사랑은 "위태로운 만큼 비현실적"일 수밖에 없다. 이 비현실적인 사랑을 작가는 '나비'로 지칭하고 있다. 사랑에 빠진 오윤은 "너절했던 제 인생이 나비처럼 팔랑이는 날개를 단 것처럼 뽐냈"으니까.

무릇 사랑은 그런 것인지 모른다. 현실적인 조건을 불식시키는 일종의 광증 같은 것, "함께 있으면 이때까지 몰랐던 온기"를 느끼게 하는 것, 그것이 사랑의 본래 모습인 것이다. "평온하고 지루한 삶"을 살아가는, "현실적으로 사는 일에 목을 매달고 있는" 화자인 '나'는 그런 오윤에게서 가벼운 질투 비슷한 감정을 느낀다.

제지 공장에 다니던 남자가 펄프 파쇄기에 빨려 들어가 죽고 난 후에 오윤은 세상과 인연을 끊고 산골 마을로 들어가 종이 만드는 일에 몰두한다. 오윤의 종이 만드는 일은 마음과 몸에 켜켜이 남아 있는 그 남자를 생각하는 행위요, "종이 속으로 사라진 남자를 좇아가는" 일이다.

사랑은 그 강렬성만큼이나 그것을 상실했을 때의 상처가 깊다. 영혼의 뿌리까지 흔드는 사랑의 상처는 너무도 끈질겨서 대상이 사라진 이후에 오히려 더 깊어진다. 사랑의 비현실적인 성격은 대상이 영원히 사라진 후에 더욱더 비현실적이 된다. 그리고 그것은 버릴 수 없는 집착으로 바뀌기기도 한다. 파쇄기 속으로 사라진 남자의 흔적을 찾아 그 파쇄기에서 나온 펄프로 만들어진 종이를 수집하는 오윤의 행위는 이미 집착이다. 그녀는 종이 제작에 몰두하고 끝내 자신의 피를 뽑아 선홍색 종이를 만듦으로써 광적인 집착을 보여준다. 그것은 오윤의 상실의 고통이 아직도 계속되고 있음을 말해준다.

이런 사랑의 집착을 통해 조명숙이 이야기하고자 하는 바는 사랑의 이면에 숨어 있는, 혹은 우리들 "삶의 아래쪽에 심연처럼 버티고 있는" 사랑의 또 다른 모습이다. 흔해빠진 사랑을 흔하지 않은 모습으로 드러내기, 이것이 이 작품의 핵심적인 본체라고 할 수 있을 것이다.

그러나 오윤의 사랑의 대상인 그 남자의 성격이 모호하고 그의 죽음 또한 모호하게 처리되어, 오윤이 보여주는 사랑의 또 다른 이면이 공감으로 선뜻 다가서지 않는다는 점은 지적해두고자 한다.

명지현의 「너의 콩 조각」(『좋은 소설』, 2007년 여름호)도 이런 사랑의 문제를 말하고 있다. 사랑하는 남자아이가 교통사고로 죽고 그 아이의 신장이 어느 복사점의 주인아저씨에게로 이식된다. '나'는 그 남자아이(성진)의 흔적을 찾아 그 먼 복사점에까지 가서 쓸데없이 복사물을 맡기곤 한다. 성진이 남기고 간 콩팥을 가까이에서 느끼기 위해서이다.

발상이 재미있다. 그러나 이쯤 되면 이것도 지독한 집착이라 할 수 있다. 애정의 대상이 사라지고 난 후 그가 남기고 간 흔적에 집착하는 것, 그것도 애정의 연장선이요, 오히려 더 애틋한 애정의 표현일 수 있다. 사랑은 그처럼 끈질긴 감정이다. 그러나 이 엽기에 가까운 사랑의 집착은 작품의 말미에서 복사점 주인아저씨께 모든 걸 털어놓음으로써 갑자기 긴장감이 풀려버린다. '나'가 사랑의 상처를 통해 궁극적으로 무엇을 말해줄 것인가를 기다리던 독자는 이 부분에서 맥이 풀린다. 고통 속의 어떤 깨달음, 성장소설적 깨달음은 갑자기 평범해지며 '나'가 간직했음 직한 고통마저 무화되어버리는 느낌이다.

3. 작가와 사회

거대 담론이 사라진 이후에 사회적 · 역사적 이슈를 다루는 소설을 만나기가 드물어졌다. 그러나 우리 사회는 여전히 많은 문제점을 안고 있고 여러 종류의 갈등과 대립을 낳고 있다. 단편적으로나마 이러한 사회적 · 역사적 문제를 깊이 있게 들여다보는 것은 소설가의 본연의 임무이다.

문순태의 「생오지 가는 길」(『좋은 소설』, 2007년 여름호)은 이러한 사회 · 역사적 시각을 중후하게 보여주고 있다. 베트남에서 한국의 산골 마을 생오지로 시집온 쿠엔을 통해 이젠 역사가 되어버린 베트남 전쟁이 다시 우리 앞으로 소환된다.

쿠엔의 주변 인물들은 역사적 상처를 안고 있다. 남편은 "80년 5월 광주항쟁 때 계엄군이 쏜 총에 오른쪽 허벅지를 맞아" 한쪽 다리를 전다. 쿠엔의 친정어머니는 "38년 전 열두 살 나이에 한국군이 난사한 총에 다리를 맞아" 다리 하나를 잃었다. 뿐만 아니라 할아버지와 큰할아버지와 큰할머니 그리고 삼촌까지 목숨을 잃었다.

이런 쿠엔이고 보니 같은 마을에 사는 베트남 참전 용사인 조씨 할아버지를 대하기만 하면 온몸이 굳어진다. 피해자로서 갖는 가해자에 대한 분노와 경멸의 감정이 조씨 할아버지를 한사코 피하게 만든다. 고엽제 후유증으로 조씨 할아버지가 병원에서 죽던 날 조씨 할아버지 집에서 영정을 찾아 병원으로 가면서 쿠엔은 비로소 조씨 할아버지도 전쟁의 가해자가 아니라 다 같은 피해자임을 깨닫는다.

가해자가 아니라 피해자의 시각에서, 한국인의 시각이 아니라 베트남인의 시각으로 베트남전의 의미를 찾고 있는 이 작품은 그래서 의미가 깊다.

김하기의 「달집」(『좋은 소설』, 2007년 여름호)은 댐 공사로 인한 수몰 예정 지역 마을의 이야기를 소재로 하고 있다. 얼핏 문순태의 오래된 소설 「징소리」를 떠올리게 하지만 이야기는 그와 사뭇 다르다. 우선 화자가 마을의 은행나무라는 점이 특이하다. 그래서 생태학적인 관점에서 수몰 문제를 다루려는 의도로 해석될 수도 있겠다. 과연 은행나무가 자신에 대한 입장을 밝히는 부분에선 분명 생태학적인 관점이 감지된다. 그러나 정작 마을에서 일어나는 사건은 그런 관점에서 비껴나 있다. 야반도주하는 청주집의 이야기와 사랑하는 사람의 아버지 김장생에게 겁탈당하는 소희의 이야기는 생태학적 관점으로 잘 설명되지 않는다. 물론 생태학적 관점이 반제국주의나 반계층주의와 반기득권적 관점과 연결되지 않는 것은 아니지만, 이 작품에서 그 연결고리를 찾기란 쉽지 않다.

그럼 수몰도 되기 전에 마을의 공동체의식이 먼저 와해된다는 주제인가 하고 살펴보면, 마지막 부분에 달집을 태우는 행사가 배치되어 있어 마을의 공동체 의식을 강조하는 부분이 나와 그도 아닌 듯하다. 각 에피소드들이 서로 연결고리를 찾지 못하고 겉돌고 있다는 느낌이다. 가장 중심축을 이루는 소희의 이야기는 그게 꼭 수몰 마을을 배경으로 해야 할 어떤 필연성이 느껴지지 않는다. 배경과 주제의 함수관계가 성립되지 않는 듯하다.

은행나무라는 독특한 화자, 수몰 마을이라는 배경을 통해 작가가 보여주고자 하는 의도가 잘 읽히지 않아 아쉽다.

구영도의 「바람 집 사람들」(『작가와 사회』, 2007년 여름호)은 노숙자 문제라는 시사적인 사회적 이슈를 다루고 있다. 마지막 막장 인생인 노숙자들의 생활을 매우 리얼한 터치로 그리고 있어 흥미로운 소설이다. 노숙자들의 거친 말투도 박진감이 있다. 지능장애아인 춘자를 보호하려는 주인공 길태의 노력은 그들의 세계에도 아직 휴머니즘이 살아있음을 보여준다.

여기까지는 좋다. 문체가 가끔씩 투박하게 들리는 부분도 있지만 오히려 그 투박한 맛이 노숙자의 세계를 다루는 데는 제격처럼 느껴지기도 한다. 그러나 길태가 털보를 지삼철로 알고 그를 위해 자신의 주민등록증을 남기고 자살을 한다는 설정은 아무래도 무리가 따른다. 휴머니즘이 지나쳐 낭만적인 수준에까지 도달하고 있다. 물론 길태의 자살 이유를 우연히 마주친 아내가 자신을 외면하고 지나친 사실에 둘 수도 있다. 그러나 그것은 모든 것을 잃고 노숙자가 된 사람으로서 이미 다 예상했던 일이 아닐까. 더구나 길태에겐 보호해야 할 춘자가 있지 않은가.

더구나 털보 스스로가 자신이 지삼철인 것 같기도 하고 아닌 것 같기도 하다고 생각하는 설정은 더욱 자살의 설정 의도를 설득력이 부족하게 만들고 있다. 오랜만에 거친 야성이 느껴지는 작품을 대했지만 야성 못지않은 세련미가 아쉬운 대목이다.

4. 외국 풍물 두 편

우리 소설에서 외국 풍물을 배경으로 하는 작품들이 늘어가는 추세이다. 이건 여러 가지 사회 문화적인 원인이 있겠지만, 새로움을 추구하는 좋은 경향으로 받아들이고 싶다. 그러나 외국 풍물을 배경으로 할 때 외국 풍물 자체로만 새로움을 형성하지는 못한다는 점이 충분히 고려되어야 한다. 거기에는 외국 풍물이 배경이 되어야 하는 필연적 이유가 뒷받침되어야 하고, 진지성과 삶의 진실이 담보되어야 한다.

유익서의 「위험한 소원」(『좋은 소설』, 2007년 여름호)은 이 작품이 러시아의 전설적인 로커 빅토르 최의 이야기라는 작품 외적인 설명을 듣기 전까지는 좀 의아한 작품이었다. 마치 장편의 일부를 뚝 떼어놓은 듯한, 단편으로서의 밀도와 구성이 느껴지지 않는다. 그나마 소원 성취를 위하여 절벽 끝의 나뭇가지에 헝겊을 달려던 이리나가 절벽 아래로 떨어지는 마지막 장면에서 단편의 묘를 얻고 있다.

황은덕의 「베이비 시터」(『작가와 사회』, 2007년 여름호)는 재미교포의 이야기를 소재로 하고 있다. 이 작가가 꾸준히 잡고 있는 소재다. 자기 계발을 위해 고국을 떠나 외국에서 고달프게 살아야 했던 현수 엄마가 아이를 잃고 남의 아이를 자기 아이로 착각하는 정신병리적 현상 속에 유괴범이 되는 과정을 밀도 있게 그리고 있다. 그러나 '나'의 1인칭 화자로 처리하기에는 현수 엄마의 이야기가 무리가 있는 듯해서 즐거운 독서를 방해한다.

5. 환상과 상징

주연의 「그녀의 물고기」(『좋은 소설』, 2007년 여름호)에는 환상적 기법이 사용되고 있다. 환상은 흔히 상징성을 띠고 소설의 형상화에 참여한다. 환상이 상징성을 획득하기 위해서는 구조적으로 혹은 반복적으로 그 상징성을 해석할 수 있는 표지를 마련해주어야 한다. 그러나 이 작품에서 물고기가 사라지는 현상, 그리고 물고기가 침대에 누워 있다가 하늘로 날아가는 환상적인 요소는 일관되게 의미화되는 어떠한 해석의 표지도 갖지 못하고 있다. 환상과 상징의 연결고리는 차치해두더라도, 이 작품에 나열되는 여러 에피소드들과 소도구들은 서로 유기적으로 긴밀한 상관관계를 가진다고 보기 어렵다. 그것들의 연결고리를 아무리 해도 발견하기에는 요령부득의 측면이 있다. 은어의 회귀성, 바다 관련 사이트에 몰두하는 남편, 수조에 든 물고기의 사라짐, 아버지와 남편의 육식, 아버지와 어머니의 관계, 남편의 발기부전, 그러면서도 남편의 불륜에 대한 의심, 태몽…… 이러한 것들이 하나의 구심점을 형성하지 못하고 산만하게 흩어져 있는 느낌을 준다. 그러다가 말미에 가서 그러한 환상이 고작 태몽으로 귀결되고 마는 것을 보면 좀 허무하다는 생각까지 든다.

이왕 환상적 기법을 사용하였다면 거기에 걸맞은 깊이의 상징성도 함께 사유되었으면 하는 바람이다.

치열한 자기비판의식을 바라며

이번 가을에 발표된 작품들 중에 주목할 만한 작품으로는 강동수의 「호반의 여인」(『좋은 소설』, 2007년 가을호), 문성수의 「탑에 오르다」(『작가와 사회』, 2007년 가을호), 공선옥의 「상하이에 두고 사람」(『좋은 소설』, 2007년 가을호) 정도가 아닌가 한다. 분기당 최대 10편의 지면을 확보하였음에도 불구하고 정말 이거다 하는 작품이 쉽사리 눈에 띄지 않는 것은 작가들의 자기비판의식 부족도 한 원인이 되리라고 본다.

1. 아픈 사랑의 기억과 치유

거내남론이 사라지고 사회 · 역사적 상상력이 퇴조하면서 재빨리 그 자리를 차지하고 들어온 것이 사랑이라는 주제일 것이다. 사랑은 이

천 년대의 새로운 화두로 등장하였다. 하긴 새삼스러울 것도 없다. 동서고금을 통하여 사랑이 화두가 되지 않은 적이 있었겠는가. 사람살이 어느 곳인들 사랑이 존재하지 않은 적이 없으니 말이다. 그래서 사랑은 인류의 영원한 주제이다. 그것은 시대와 문화에 따라 끝없이 변주되면서 다양한 형태와 의미로 반복되어 나타난다.

사랑은 달콤하다. 이 세상에서 사랑보다 달콤한 것은 없다. 특히 정신적인 열정과 관능적인 열망이 완전히 합치되어 있는 사랑일수록 그것은 더욱 달콤하다. 그러나 사랑은 달콤한 만큼 변하기 쉽다는 데 비극이 숨어 있다. 그럴 경우 사랑은 달콤한 만큼 쓰고 고통스럽다. 그리고 그것은 오랫동안 쓰라린 상처가 되어 많은 인류를 괴롭혀왔다. 사랑의 상처에는 세월이 유일한 약이라지만, 사랑의 상처는 세월로도 치유되지 않는 그 무엇이 있다. 세월은 단지 그것을 수몰지구의 마을처럼 물밑에 잠복시킬 뿐이다.

강동수의 「호반의 여인」(『좋은 소설』, 2007년 가을호)은 여러 형태의 사랑을 변주시켜 보여주면서 우리네가 살아가면서 누구나 하나쯤 간직하고 있을 그 사랑의 아픈 기억을 되살려 준다. 우선 설란과 '나'의 사랑은 다분히 관능적이다.

> 배를 타고 싶다, 고 나는 중얼거렸다. 그러자 기묘하게도 물 위에 떠 있는 배가 아닌 숨소리와 함께 조용히 오르내리는 여자의 뽀얗고 도톰한 아랫배가 머리 속에 떠올랐다. 볼록 솟은 둔덕 위에 밀생한 검은 숲도 선연히 그려졌다.

나는 그때 여자의 배에 얼굴을 묻고 엎드려 있었으리라. 여자가 팔을 내 겨드랑이 사이로 들이밀어 가슴팍을 쓰다듬었다. 라이터돌에 불꽃이 일 듯 여자의 손가락 마디가 스치는 내 젖꼭지에 파르르 작은 전율이 일었다. 나는 고개를 들어 여자의 오목한 배꼽에 혀를 밀어 넣었다.

관능은 강렬하다. 그것은 도저히 저항할 수 없는 유혹이며 사랑의 존재 조건이다. 설란과 '나'의 사랑이 전적으로 관능적인 것에만 있지는 않지만 작가는 그 관능성을 강조하여 보여주고 있다. '나'는 그것이 사랑을 완성시키는 것으로 보고 있기 때문이다. '나'의 사랑은 설란에게 청혼을 하기에 이른다.

그러나 설란은 아주 다른 형태의 사랑을 간직하고 있음이 드러난다. 고아원에서 만난 의남매지간인 오빠에 대한 사랑이 그것이다. 그러나 수사가 되어버린 오빠에 대한 사랑은 정신적인 것이다. 소위 플라토닉 러브라는 종류의 사랑이다. 어쩌면 설란은 오빠에게서 부성애를 느끼고 있는지도 모른다. 설란은 그 오빠가 로마에서 교통사고로 죽자 '나'를 떠나 로마로 달려가고 만다.

'나'는 설란의 그런 정신적인 사랑을 이해하지 못한다. '나'가 생각하는 이외의 다른 형태의 사랑이 있음을 이해하지 못하는 것이다.

그런데, 그렇다고 해도 회사는 왜 그만 뒀단 말인가. 아니, 왜 내겐 단 한 마디의 이야기도 없이 사라졌단 말인가. 도대체 내게 이렇게 해도 되는 일인가. 쪽 한 장 남기지 않고, 전화 한 통 없어도 되는 일인가. 도무지 이해할 수 없는 일이었다.

그러면서도 '나'는 여전히 "그녀의 긴 머리칼이, 테니스공처럼 탄탄한 그녀의 젖가슴이, 달착지근한 신음과 함께 꿈틀거리던 그녀의 흰몸뚱이"가 잊혀지지 않는다. '나'는 여전히 관능적 사랑에 집착하고 있다. 그러나 설란은, "나를 태울 듯 욕화에 불을 붙이던 8년 전의 관능적인 몸은 열흘 전 이라크 바그다드의 한 시장에서 폭탄에 갈가리 찢겼다."

사랑하는 이의 죽음만큼 가슴 아픈 게 있을까. 그렇게 '나'의 불면의 밤은 시작되고 호수를 찾아가면서 호반의 여인을 만나게 된다. '나'는 그녀와의 하룻밤을 통해 불면과 두통에서 비로소 벗어난다. '나'가 그녀의 무릎에서 혼곤한 잠에 빠져드는 설정은 다분히 그녀에게서 모성애를 느끼게 하는 장치라고 할 수 있다. 그 모성애는 관음보살의 자비와 연결이 되고 관능적 사랑의 무상함에서 벗어나 새로운 사랑의 의미를 깨닫고 마음의 평안을 찾는 에피파니를 부여해주는 힘이 된다.

강동수의 작품은 이처럼 단단한 구조와 맛깔스런 문장을 통하여 사람의 아픔과 그 치유, 나아가 새로운 사랑의 의미를 찾아가는 과정을 그려 보여준다.

2. 탑을 바라보는 세 가지 시선

문성수의 「탑에 오르다」(『작가와 사회』, 2007년 가을호)는 우선 아주 재미있는 구성을 하고 있다. 세 인물의 1인칭 다중화자 시점을 택하여 이 세 인물이 모두 같은 탑을 바라보게 함으로써 구성의 긴밀도를 높여준다. 또한 탑을 바라보는 세 인물의 시각을 각각 달리하여 탑의 의미가 각 인물에게 어떻게 작용하는지를 입체적으로, 또한 깊이 있게 보여준다.

첫 번째의 '나'는 정신 요양원의 들창을 통해 용두산 공원의 탑을 바라보고 있다. 그는 지난날 탑 아래의 공원에서 아내와 자주 만나곤 했지만, 정작 그 탑의 꼭대기에 있는 전망대엔 "고소공포증 때문에 한 번도 올라갈 엄두를 내지 못했다." 아낸 그런 그를 보고 웃으며 너무 소심하다고 말한다. 그에게 있어서 탑은 너무 높고 거만하며 자본주의적 욕망의 화신처럼 보인다. 탑은 수단과 방법을 가리지 않고 남을 밟고 올라서야만 살아남을 수 있는 자본주의 구조의 상징이다.

박애리 차장이 바라보는 탑의 이미지는 그러한 자본주의적 욕망의 구조를 가장 여실하게 보여준다. 그녀에게 있어서 탑은 육신의 욕망뿐만 아니라, 지배욕과 출세욕 그 자체이다. 그래서 그녀는 "어느덧 바다처럼 열린 채 헌신적인 자세로 탑신을 갈망한다." 도시의 불빛마저 "거대한 탑신을 온몸으로 받아들이기 위해 교태를 부린다"고 느낄 만큼 그녀는 "도도함을 자랑하는 탑의 위세를 향해 은밀한 꿈을 꾸기 시작한다." 그녀는 그 탑을 위하여 "자기 신상에 영향력을 끼칠 만한 본부

간부들이나 유력한 전주들에게 나이 불문하고 육탄공세를 서슴지 않는다."

이와 상대적으로 그는 탑에 압도당한다. 약삭빠르지도 않고 야심도 없어 결국 자본주의적 욕망의 희생물이 된다. 그는 지배욕과 출세욕에 가득 찬 여상사(박애리 차장)의 유혹에 어설프게 대응하다 성폭행범으로 몰리고 만다. 직장에서 쫓겨나고 그 울화증으로 정신병원에까지 가게 된다.

그의 비극은 탑에 오를 수 없는 소심증 때문이고, 이 자본주의 사회에 적당한 타락으로 대처하지 못하는 '무능력함' 때문이다. 그는 생래적으로 자본주의 사회에 적응하기 어려운 인물이다. 그는 명백히 여상사의 음모에 걸려든 상황임에도 불구하고 그러한 상황에 대한 저항을 보여주기보다 자신에 대한 자책으로 움츠러든다.

> '네가 그렇게 도덕군자였어? 미친 놈. 정말 그녀를 품고 일을 치루고 싶은 욕정이 없었단 말이지! 그래, 그녀의 살 냄새를 맡았을 때 기분이 어땠어? 경비가 들어오지 않았다면 네 놈은 어쨌을까? 꼴좋다. 네 놈의 운명은 그게 다 인거야. 덜 떨어진 놈, 마누라와 애새끼는 어쩔래? 네 놈은 원래부터 싹수가 노랬어. 그 소심증, 침이라도 탁 뱉어버리고픈 그 우유부단함. 인마, 남들이 널 순수하다고 말하는 건 널 바보로 생각한다는 뜻이야! 주는 기회도 못 살리는 무능력자, 불쌍한 놈…….'

그의 머릿속에서 누군가가 그에게 하는 말이지만, 실상은 그의 자책이다. 이러한 자책의 설정은 작가의 소극적인 사회의식의 반영이라고 볼 수도 있다. 아마도 이것은 이 작품이 가지는 가장 큰 맹점이 될 수도 있을 것이다. 그러나 작가가 그런 자책에만 머물러 있지 않다는 것이 이 작품의 미덕이기도 하다. 작품의 말미에서 그는 고소공포증을 이겨내고 아내와 함께 탑을 오름으로써 "그의 내부 속에서 무엇과 치열하게 싸우"는 모습을 보여준다. 탑에 압도되어 살아왔던 자신의 소심함과 싸우는 모습을 통해 그는 탑을 극복하고자 한다.

> 현기증을 느끼는지 휘청거리는 다리로 겨우 버티고 선 채 이곳저곳을 한동안 바라보다 고개를 돌려 나를 향했다. 하얗게 질려 입을 앙다문 채 땀을 흘리고 있었지만 파르르 떨리는 그의 눈에 도시의 불빛들이 가득 담겨 반짝거리는 게 보였다. 나는 억지로 참고 있던 울음을 터뜨리고 말았다.

그러나 그의 싸움은 여전히 내부적이다. 그의 싸움은 자신의 소심함과 무능력함에 대한 것이지 탑으로 상징되는 자본주의적 욕망의 구조에 대한 외부적인 것은 아닌 듯하다. 그의 내부적 싸움이 대사회적으로 확대될 수 있는 가능성을 분명하게 보여주었더라면 더 좋았을 것 같다. "배를 띄워! 그리고 떠나는 거야. 정해진 길은 없어. 뭘 의심하는 거야? 앞뒤 맞추는 계산도 버려! 새로운 항로를 찾아!"라고 외치는 울림을 듣지만 그것은 여전히 '연약한 모습'이며 전면적인 싸움의 모습은 아니다.

아내가 바라보는 탑의 모습은 보다 중립적으로 드러난다. 그녀에게 있어서 탑은 열망의 대상도 아니고 두려움의 대상도 아니다. 그것은 "꼭 어설픈 삼각뿔 모자를 쓴 광대의 모습"이며, "항구와 먼 바다를 조망하기" 위하여 오르는 전망대에 불과하다. 이러한 의식은 자본주의 도시를 바라보는 그녀의 시선과 닮아 있다. 그녀는 도시의 불빛들이 자신과 아무런 상관없는 것으로 생각한다.

그러나 그녀의 중립적인 시각은 대상으로부터 관조적으로 물러서서 바라보는 시각이 아니다. 생활에 쫓기고 남편에 대한 연민에 쫓기며 이 자본주의 사회의 구조에 보내는 냉소적인 시각이다.

이처럼 문성수의 「탑에 오르다」는 하나의 탑을 중심으로 세 인물의 상이한 시각을 대비하여 보여줌으로써 자본주의적 욕망의 역학적인 구조를 묘파하고 있다.

3. 사회주의와 자본주의의 전도된 가치

90년대 현실 사회주의가 붕괴하면서 사회주의 국가는 급격히 자본주의화되어갔다. 사회주의가 내세운 위대한 이념성은 경제와 자본의 논리에 맥없이 무너져버렸다. 구소련이 그랬고 현재의 중국이 그렇다. 사회주의와 자본주의가 만나는 현장에는 기존의 가치관이 혼란스레 뒤섞이기도 하고 나란히 손잡기도 하고 서로에 대한 멸시와 동경이 교차하기도 한다. 이러한 문제를 잔잔한 필치로 그려내고 있는 작품이 공선옥의 「상하이에 두고 사람」(『좋은소설』, 2007년 가을호)이다.

'나'는 항주의 후배를 만나기 위해 상해의 민박집, 연인별장에 도착한다. 그 집에서 '나'는 민박집 주인인 조선족 여자와 서울에서 노숙자 생활을 하다 아버지의 흔적을 찾아 중국으로 날아온 노인을 만난다. 이 두 사람은 처음부터 투닥거리며 싸우게 되는데, 그 싸움의 내용을 살펴볼 필요가 있다. 이 두 사람의 말다툼에는 서로가 현재 살고 있는 체제에 대한 가치전도를 엿볼 수 있다. 즉, 민박집 여자는 사회주의 체제를 폄하하면서 자본주의 사회인 한국을 동경하고 있고, 노인은 오히려 사회주의를 옹호하는 듯한 발언을 한다.

"클클클, 그래도 동포는 역시 중국동포예요. 미국동포, 일본동포, 백 번 친절해도 인정은 역시 중국동포거든요. 그것이 다아 사회주의를 경험하고 아니고의 차이일 수도 있지 않을까, 싶소이다만."

"영감님, 내가 수차에 걸쳐 내 의견을 개진해 드렸잖았습니까? 사회주의는 무슨 얼어죽을 사회주의냔 말임?"

"사회주의를 살아봐서 잘 모를 수도 있을거란 말입니다. 자본주의 한국서 살아보면 금방 알지요."

"허얼!"

여자가 어이없는 웃음을 웃었다.

여자는 "사회주의, 자본주의이고 간에 돈만 벌면 장땡이라고" 생각하고, "고생해도 한국서 착실히 몇 년 고생하면 중국 와서 호강할 수 있다"는 꿈을 이루기 위해 '나'가 친척으로 위장하여 한국으로 초청해주기를 간절히 원한다. 반면에 노인은 사회주의자로 중국 예난으로 떠난 아버지(노인의 아버지가 사회주의자였다는 언급은 직접적으로 나타나지 않지만, 앞뒤의 맥락으로 볼 때 그렇게 추정이 가능)의 흔적을 찾으러 가려하고 있다. 아버지에 대한 그의 지향은 사회주의에 대한 지향으로 바꾸어 생각해볼 수 있다. 사회주의 체제에 사는 여자가 더 자본주의적이고 자본주의 체제에 사는 노인이 더 사회주의적이라는 가치전도가 그래서 가능해진다.

그러나 '나'는 그러한 가치전도적 인물들인 두 사람이 모두 싫어진다. 그래서 그들을 상해 시내에 남겨두고 홀로 후배를 만나러 소주로 떠나고 만다. '나'가 두 사람을 떠난 것은 "대치동 학원가에서 잘 나가는 논술강사"였던 '나'의 애인이 '나'와의 결혼은 거부하는 논리와 같다. 그는 논술강사를 하면서 살아가는 것, 그런 식으로 사는 것이 "사기를 치는 것과 뭐가 다르냐고 했다." 그리고 "자신이 꿈꾸던 세상은 이런 세상이 아니었고 자신이 꿈꾸던 삶도 이런 삶이 아니었다고 그는 침대 시트에 얼굴을 묻고 통곡했다." 자신의 삶에 대한 그의 혐오를 '나'는 여자와 노인의 삶에서 공통적으로 발견한다.

'나'는 소주에서 만난 현실주의자 김 사장의 중국에 대한 비판에도 동의하지 않는다. 결국 현재의 중국을 "돈 되는 건 뭐든지 다 하는 나라"로 만든 것은 자본주의의 논리일 것이기 때문이다. 그러면서 '나'는 비파나무를 통해서 노인의 아버지가 살았다는 연안을 떠올린다. 그것은 자본주의적 논리에 물들지 않았던 과거의 순수함에 대한 지향일 것이다. 그것이 이념이든 그 무엇이든 상관없이.

이렇듯 자본주의 체제에 사는 사람보다 오히려 더 자본주의적으로 변해가는 사회주의 체제의 인물, 자본주의 체제에 살면서 자본주의보다 사회주의를 옹호하는 인물을 통하여 이러한 가치의 전도를 불러일으킨 원인과 자본주의 한국의 사회에서 살아가는 의미를 되묻고 있는 것이 공선옥의 「상하이에 두고 사람」이다.

그러나 작품의 말미에 나오는 김 사장과 후배의 등장은 작품 전체의 긴장감을 떨어뜨리고 있다. 민박집 여자와 노인의 대립적 관계가 별다른 이유 없이 화해의 관계로 돌아선 것도 그렇고 그들을 갑자기 무대 뒤로 퇴장시킨 것도 그렇다. 오히려 김 사장과 후배의 등장을 약화시키고 여자와 노인의 긴장 관계를 더 다루었다면 주제가 보다 선명해졌을 거란 아쉬움이 남는다.

4. 일상으로부터의 탈주

일상은 사람을 평안하게 하고 안정되게 한다. 하루하루의 일상이 그 사람의 삶의 질을 결정한다. 일상은 힘이 세다. 사람은 알게 모르게 일상의 영향력 속에서 의식이 고정된다. 일상은 사람을 안정시키지만 의식의 경직화를 낳는다. 사람들은 일상 속에 안주하지만 또한 그 의식의 경직화를 피해 일상으로부터의 탈주와 일탈을 꿈꾼다. 시계추처럼 끝없이 반복되는 일상에서 벗어나고자 하는 것은 현대인들의 오랜 꿈이다. 이를 반영하듯 일상으로부터의 탈주를 꾀하는 소설들이 제법 눈에 띈다. 박명호의 「호랑이 보호 구역」(『좋은 소설』, 2007년 가을호)과 유연희의 「허기」(『작가와 사회』, 2007년 가을호)가 바로 그런 계열에 드는 작품이라고 할 수 있다.

박명호의 「호랑이 보호 구역」에서 "언제부턴가 서로의 모습에서 삶이 탄력이 없어져" 버린 인물들이 "서서히 말라 죽어가는 병든 나무 같은 자신의 모습을 발견"하고 "유배를 꿈꾸는" 심정으로 만주의 호랑이 보호 구역으로 떠나는 설정이 일단 참신해 보인다. 홍수로 호랑이 보호 구역에 갇혀버린 남녀가 벌이는 일탈적인 정사 또한 상당히 충격적이다.

그러나 이 작품에는 일상 속에서 그 무엇이 이 인물들을 "병든 나무" 처럼 만드는지에 대한 고뇌가 느껴지지 않는다. 일탈의 모습만이 나열될 뿐, 그렇게 될 수밖에 없는 필연적 이유가 읽히지 않는다. 중요한 것은 일탈의 모습이 아니라, 일상이 주는 부조리와 "창작하는 사람으로서의 보다 실존적인 문제"가 무엇인지에 대해 진지하게 고민하는 과정이다. 그것이 뒷받침되지 않는다면 그들의 일탈은 "오늘의 즐거움을 내일로 미루지 말라"라는 다분히 향략적인 그들의 '건배구호', '주제어', '삶에 대한 태도'가 빈껍데기인 걸 알려주는 징표가 될 뿐이다. 일상은 그렇게 간단하게 비웃을 수 있는 것이 아니다. 그것에 대한 철저한 고구와 고뇌를 보여주어야만 그들의 '건배구호'가 새로운 의미를 얻게 될 것이다. 그것이 없다면 '진정한 인생의 고수들은 어떠한 경우에라도 삶을 즐길 자세가 되어 있다, 작가란 인생의 고수가 되어야 한다, 그것이야말로 작가적 실존의 문제를 해결하는 열쇠'가 되리라는 생각은 자칫 허황해질 위험성이 크다.

유연희의 「허기」에도 같은 이야기를 해줄 수 있을 것 같다. 남편의 고민이 좀 더 여실히 드러났으면 좋았을 뻔했다. 「호랑이 보호 구역」이 너무 과감한 일탈의 모습을 보여주는 데 비해 「허기」는 그것을 드러내는 데 반대로 너무 소심한 면이 있다. 무슨 행동을 하려다 마는 것 같아 읽는 독자로 하여금 허기를 느끼게 만든다. 희미한 연필의 선으로 이루어진 스케치화 같은 느낌을 준다. 그게 의도된 효과일 수도 있겠으나 좀 더 분명한 주제를 드러내기 위해선 좀 더 조직화된 강조점이 있는 것이 어떨지.

5. 현실의 변주

윤이주의 「하트 오브 도그」(『작가와 사회』, 2007년 가을호)에 나타나는 인물이나 사건은 현실적인 것으로 보이지 않는다. 작가의 의도대로 짜 맞추어진 인물과 사건이다. 이 경우에는 현실의 반영이라기보다는 현실의 변주라는 표현이 맞을 듯하다. 이게 크게 문제 될 건 없다. 상징주의 소설이나 초현실주의 작품들에서 종종 나타나는 기법이기도 하니까. 문제는 이러한 인물과 사건의 설정이 상징성의 부여나 무의식의 발현 등을 담보하여야만 제대로의 효과를 발휘한다는 점이다. 과연 「하트 오브 도그」가 인물과 사건을 통한 상징성을 확보하고 있는지는 다시 생각해볼 문제이다.

이상섭의 「악어」(『좋은 소설』, 2007년 가을호)도 마찬가지 문제를 안고 있다. 「악어」의 여러 인물과 사건들도 「하트 오브 도그」에 비해 약하긴 하지만 비현실적인 측면을 가지고 있다. 특히 형이나 악어라는 여자가 그렇다. 사실주의를 지향하던 이상섭이 새로운 시도를 보여준 것은 높이 평가할 만하다. 그러나 새로운 시도가 성공적이었는지는 독자의 판단에 맡겨야 할 것 같다.

이 밖에 박향의 「대화법」(『작가와 사회』, 2007년 가을호)과 김도연의 「북대」(『좋은 소설』, 2007년 가을호)도 재미있게 읽었다. 「대화법」은 시점에 대한 실험을 읽을 수 있어 좋았다. 1인칭 다중 시점이 새로운 느낌을 준다. 그러나 앞서 언급한 문성수의 「탑에 오르다」(『작가와 사회』, 2007년 가을호)가 각 인물의 1인칭 시점을 탑이라는 하나의 매개물을 통하여 긴밀성 있게 묶어주고 의미화시키고 있다면 「대화법」은 각 인물들 사이를 옮겨 다닐 뿐 그것이 의미화에 이바지하고 있다고 보긴 어렵다.

김도연의 「북대」는 다방 레지 아가씨에게서도 불성을 발견할 수 있다는 대단히 철학적인 주제 같은데, 그것을 뒷받침할 수 있는 사건이나 장치가 부족하지 않나 하는 느낌을 준다. 밀크셰이크가 북대에 기어코 가려는 이유를 명확하게 설정하여 크게 반전을 주었다면 어땠을까 하는 아쉬움이 있다.

다양한 상상력과 빈곤한 울림

겨울호에 발표된 작품들을 보다가 문득 이런 생각이 떠올랐다. 2007년도 말 현재 부산 소설문단이 보여주는 소설적 상상력의 지도를 그려보면 어떤 그림이 나올까. 그것은 아마 마블링처럼 형형색색의 다양한 무늬로 이루어진 그림이거나, "수많은 길들이 뱀처럼 꿈틀거리며" 뒤얽혀 있는 미로 그림판 같은 것이 아닐까. 아닌 게 아니라 『작가와 사회』와 『좋은 소설』에 발표된 작품들을 중심으로 살펴보면 전통과 실험, 사실주의와 포스트모던, 현실과 가상, 이미지와 서사가 종횡으로 교차하고 상호 간에 착종되어 있음을 본다. 여전히 사실주의에 굳건히 바탕을 두고 있는 페미니즘소설과 항공소설이 있는가 하면, 가상현실을 그리는 미래소설이 바로 그 옆자리를 채우고 있다. 전통적 기법을 고수하는 작품 옆에 형식적 실험을 선보이는 작품이 자리 잡고 있기도 하다. 무겁고 진지해서 이젠 신파처럼 느껴지는 작품과 가벼운 터치와 발랄한 감성이 돋보이지만 경박해 보이기도 하는 작품이 어깨를 나란히 하고 있다.

이러한 다양한 상상력은 비단 현재 부산문단만의 특성이 아니라 현 한국소설문단의 일반적 특성이다. 이것은 곧 현 소설문단에 있어서 세대 간의 소설적 상상력과 소설문법에 대한 이해의 차이가 그만큼 다양하고 뚜렷하다는 사실을 말해준다. 반영론적 관점을 그대로 따른다면 소설의 다양화는 사회의 다양화를 의미하는 것이기도 할 것이다. 어느 시대에나 그 시대에 맞는 이야기를 필요로 하고, 사회는 시간이 흐를수록 다양화되고 복잡해지고 개별화된다. 그러므로 오늘날 소설적 상상력의 다양한 변주는 어쩌면 당연한 것이다. 또한 오늘날은 세대 간의 변화주기가 급속도로 짧아지는 경향이 있다. 90년대 신세대 작가가 2000년대 신세대 작가의 소설 문법과 상상력을 벌써 낯설어하게 되는 변화의 속도 속에 우리는 놓여 있다.

다양한 소설적 상상력의 네트워크가 형성된다는 것은 결과적으로 소설문단의 풍요성으로 연결될 수 있을 것이다. 다양성은 그것 자체만으로 이미 풍족함을 의미한다. 생태학적으로 종의 다양성은 생태계 전체 네트워크의 건강성과 대체 종 확보로 인한 생존 가능성을 증가시키는 것처럼, 상상력의 다양성 또한 소설 네트워크의 건강성과 생존가능성을 담보해준다고 볼 수 있을 것이다.(서글픈 일이지만 우리는 이미 소설 네트워크의 생존가능성을 논해야 할 문화적 환경에 처해 있다.)

그런 의미에 있어서 지난 계절에 부산의 소설들에서 다양한 소설적 상상력을 확인할 수 있었던 것은 무척 고무적이고 반가운 일이다. 지금까지 상대적으로 부산소설이 일정 부분 사실주의적 전통에 일률적으로 경도되어 있었다는 의미에서 하는 말이다. 그래서 혹자는 부산소설이 살기 위해서는 요산의 사실주의적 그늘을 벗어나야 한다는 고언을 아끼지 않기도 했다. 그 말은 다양성 확보라는 측면에서 보자면 확실히 진리이다. 부산소설이 드디어 그 고언을 실현해주는 듯해서 반가울 수밖에.

그러나 그러면서도 마음 한구석에 남아 있는 이 찜찜함의 정체는 과연 무엇일까. 다양성 자체만으로 해결되지 않는 그 무엇, 혹은 그 다양성이 행복한 자발성으로 발휘된 것이 아니라 억지로 쥐어짜낸 것 같다는 느낌, 이것은 괜한 딴죽 걸기일까. 다양성 하나만으로 모든 것은 해결되지 않는다. 그 다양한 상상력들 하나하나가 제 나름대로의 단단한 의미화를 통해 독자의 감수성의 막에 공명되지 않는다면 어떠한 소설적 상상력이나 시도도 헛된 일이다. 문제는 그 공명에 있다. 독자의 마음을 울리는 공명, 즉 감동에 있다. 이 글쓰기의 기본사항을 새삼 강조하는 것은 언제부턴가 우리의 소설쓰기가 감동을 자아내기 위해서라기보다는 이야기를 짜맞추어내는 데 더 급급하고 있지 않은가, 하는 의문 때문이다. 작가 자신도 감동하지 않는 이야기를 그럴듯하게 만들어 내놓은, 포즈는 있지만 진정성의 구체가 느껴지지 않는, 말하자면 잘 만들어졌지만 생명력 없는 인형과 같은 작품들을 양산하고 있는 게 아닌가 하는 의문이 단지 필자의 주관적인 느낌에 불과할 것인가.

갈수록 지리멸렬해지는 삶 속에서 "아, 그래. 우리 삶에는 이런 면도 있었지!" 하고 무릎을 치게 만드는 작품을 만나기가 쉽지 않은 형편이다. 읽고 나면 가슴 한 켠을 아릿하게, 혹은 따뜻하게 해주는 작품이 그립다. 안일한 영혼을 뒤흔들어놓는 울림을 가진 소설을 바라는 것은 이젠 너무 고전적인 기대가 돼버린 걸까. 아니면 필자의 감수성이 너무 낡았거나 매너리즘에 빠져 변해가는 소설 문법을 이해하지 못하고 있는 것일까.

지난 겨울호의 작품들 중에 그나마 울림을 가지고 다가온 작품은 정지아의 「길」(『좋은 소설』, 2007년 겨울호)이었다.

이 작품에는 세 가지 층위의 길이 나타난다. 첫째는 몽골에서 만나는 초원의 길이다. 둘째는 서술적 현재에 주인공 김이 걸어 올라가는 등산길이다. 셋째는 첫째와 둘째 같은 구체적인 길이 아니라 두 명의 김기영이라는 인물이 각자 살아온 인생길이다. 이 세 가지 길은 상호간에 긴밀한 결합을 통하여 두 노인의 인생 여정의 의미를 전경화한다.

김이 몽골의 초원에서 본 길은 일종의 깨달음의 길이다. 늘 "길 너머의 보이지 않는 무엇"을 바라보던 그가 비로소 길 자체를 바라보고 의식하게 되는 것은 바로 몽골의 그 초원의 길을 통해서이다. "김이 길과 처음으로 대면한 것은 근 십년 전, 몽골에서였"기 때문이다. "길과 처음으로 대면했다는 표현은 어폐가 있을지" 모르지만, "김은 그렇게밖에 표현할 도리가 없다." 오로지 현실적인 욕망과 목적을 위해 달려온 김의 의식에는 자기가 달려온 길이 의미화되지 않는다. 욕망과 목적만이 유의미할 뿐이다. 그랬던 김에게 길 자체의 의미가 보이기 시작한 것이다.

가만 보니 한 뼘도 되지 않는 연둣빛 풀밭 사이로 수많은 길들이 뱀처럼 꿈틀거리고 있었다. 초원은 알고 보니 무수한 길, 그 자체였다. 김은 교미 중인 뱀처럼 얽힌 초원의 길에서 눈을 떼지 못했다. 부연 먼지바람을 일으키며 선두차가 초원 위로 내달렸다. 먼지바람이 시야를 가리고 길을 가렸다. 거기서 거기 같은 무수한 길 중의 어느 길이 목적지로 이어진 것인지 초행의 김의 눈으로는 도무지 분간이 되지 않았다. 그러나 몽골인 운전수는 안내판도 없는 수많은 갈림길이 나올 때마다 조금의 망설임도 없이 하나의 길을 선택했다. 열세 살의 김이 그 길 위에 서 있었다.

길을 의식하면서 김은 자신이 칠십 평생을 살아온 길을 되돌아보게 된다. 열세 살의 나이에 피난길에서 어머니를 잃고 이어서 두 동생마저 잃고 사고무친의 신세가 되어버린 김은 양아버지의 도움과 각고의 노력 끝에 의사가 된다. 용케도 길을 찾은 것이다. 그는 결혼을 하고 아이를 낳고 전문의로서 사회적 명성과 지위를 확보한다. 그는 그런 자신의 삶에 자부심을 가지고 살아왔다. "길인지 뭔지도 모를 가시덤불을 헤쳐 길을 만들어온 것은 바로 자신이었다고 늘 자부해온" 그였다. 그러나 그는 "저 몽골의 초원 위에서 무수한 길과 맞닥뜨린 순간부터" 자신의 자부심에 대해 자신이 없어진다.

이러한 자신의 인생길에 대한 회의감은 서술적 현재에 나타나는 등산길에서 그 실체를 더욱 뚜렷이 드러낸다. 너럭바위에서 만난 또 다른 김기영은 그와 공교롭게 성과 이름과 집안과 생년월일이 똑같다. 이것은 이 두 노인의 인생길을 대비시켜 보여주는 장치로 이해된다. 김은 칠십 평생을 고향을 떠나지 않고 산골짜기 풍경 속에서 농사만 꿍꿍 지으며 살아온 또 다른 김기영 노인의 삶의 길을 통해, 자신의 삶이 그렇게 성공한 삶이 아니었다는 것을 깨닫는다. 특히 노인이 앉아 있는 너럭바위는 김노인의 삶이 가진 자족성을 상징적으로 보여준다. 김은 자신의 삶에 있어서 김노인의 너럭바위와 같은, "언제라도 와서 지친 마음 뉘여 놓을 수 있는" 정신적 위안처를 가지고 있지 못한 자신의 삶을 돌아본다.

> 코피를 쏟으며 공부해서 겨우 일류고등학교에 진학하고 의대에 진학하고, 정신없이 전문의 과정까지 마치고 보니 열세 살의 소년은 삼십대의 중년이 되어 있었다. 그제야 부랴부랴 중매로 결혼을 하고 아이 둘을 낳았다. (…) 병원 일만 해도 숨 쉴 틈이 없어서 집에 돌아오면 쓰러져 잠들기 일쑤였다. 심장전문의로 제법 인정을 받고 이 정도면 됐다 싶을 즈음에는 학교니 학회니 이런저런 활동이 많아졌다. 언제나 김은 바빴다. 요 몇 년 전까지는. 그 사이 김의 마음은 어디를 헤매이고 있었을까. 어쩌면 동생들을 데리고 섰던, 어머니의 시신이 놓여있던 그 길의 어딘가를 여전히 서성거리고 있었던 것은 아닐까.

그리하여 김은 세상의 모든 길들이 스스로의 너럭바위를 가지고 있다는, "몽골 초원의 헤아릴 수 없는 무수한 그 길들이 제각각 누군가의 어떤 바위로 향하는 것인지도 모른다는", 그렇지만 자신은 그런 바위를 찾지 못하고 무수한 길들을 헤매고 있었다는 자각에 이른다.

이처럼 정지아의 「길」은 세 가지 층위의 길의 의미를 통해서, 또한 그 길 위에 펼쳐진 두 노인의 인생길을 통해서 우리에게 우리 삶의 길이 가지는 진정한 의미가 무엇인지를 묻고 있다.

정혜경의 「부러진 활」(『작가와 사회』, 2007년 겨울호)을 읽으면서 내내 가슴이 아팠다. 모든 주위 환경으로부터 철저하게 소외되고 억압받는 주인공 '나'의 삶이 우리의 현재적, 현실적 삶과 결코 무관해 보이지 않기 때문이다. 훼손된 가족의 가치, 왜곡된 교육현실, 외모 지상주의와 출세 지향주의, 물질적 욕망 등이 총체적으로 '나'의 삶을 숨막히게 억누르고 있다. '나'는 그 모든 부당한 억압과 가해를 고스란히 당할 수밖에 없는 인물로 설정되어 있다. 그녀를 둘러싼 모든 것은 그녀에게 철저하게 악의적이다. 아버지와 어머니와 친척들, 학교의 선생들, 친구의 엄마인 박미련 여사까지 모두가 그녀를 이용하고 멸시하고 구박하고 짓밟는다.

그래서 이 작품은 인간과 사회 환경의 악성을 여지없이 폭로하는 자연주의 계열의 작품을 연상시킬 정도이다. 부모로부터 버림받은, 뚱뚱하고 못생기고, 공부도 지지리도 못하는 아이인 '나'의 억압된 삶을 통해 이 사회가 안고 있는 여러 문제점들을 사실적으로 드러낸다. 우리는 이 작품이 드러내고자 하는 문제점을 인정하지 않을 수 없다. 그러나 한편으로는 자기를 둘러싼 환경의 척박함에도 불구하고 자기보다 더 불행하다고 생각되는 친구 외선을 향한 주인공의 선의를 목격하면서, 잃어버리지 않은 휴머니즘의 희망을 긍정할 수밖에 없다.

나는 산동네로 진입하고서야 병든 내 친구 외선이에게 달려가고 있는 나를 발견했다. 언젠가는 내 힘으로 첼로를 찾을 수 있을 것이라 희망하며. 하지만 서른이 넘어서도 그 꿈을 이룰 수 없을 지도 모른다. 그래도 나는 꿈을 아주 버릴 생각이 없다. 아직까지는 말이다. 언젠가는 새 시간의 새 고객이 될 수 있으리라는 믿음과 함께 첼로에 대한 열정만은 여전히 뜨겁게 타오르고 있기 때문이다. 나는 외선이에게 달려가는 길에서 세상의 교활한 웃음 끝을 뭉개며 울먹이는 나를 보았다.

억압되고 소통되지 않은 삶에서 자유에 대한 유일한 꿈이자 희망으로 상징된 첼로, 그것을 전당포에 맡겨가며 병든 외선을 구하고자 하는 '나'의 행위는 인간주의에 대한 작가의 굳건한 믿음을 보여준다.

그러나 이 모든 미덕에도 불구하고 이 작품이 커다란 울림으로 선뜻 다가오지 않는 까닭은 무엇일까. 주관적 판단이지만 그 이유를 대략 다음 두 가지로 볼 수 있지 않을까 싶다. 첫째는 '나'와 환경 사이의 관계가 얼핏 보면 매우 사실적인 것 같지만, 실상은 그렇지 못하다는 것이다. '나'와 관계 맺고 있는 환경이 지나치게 악의적으로 그려져 오히려 비사실적으로 느껴진다. '나'와 관계된 인물들은 하나같이 '나'에게 악마적이다. 그래서 '나'가 처한 극한 상황이 너무 처절해서 거의 신파적인 분위기가 날 지경이다. '나'와 타자의 관계 설정이 모 아니면 도란 식의 경직된 이분법적 사고의 결과로 보인다. 현실에 대한 지나친 미화도 사실성을 훼손하지만, 지나친 비미화(非美化)도 결국 현실의 객관적 사실성을 왜곡시킨다.

물론 작가의 문제의식에 공감하지 않는 바도 아니다. 또한 '나'와 같은 인물이 실제로 우리 사회에 존재할 가능성도 농후하고, 우리 사회가 여전히 그런 문제점을 안고 있을 수도 있다는 사실에 동의한다. 그러나 그것을 드러내는 설정이 좀 더 유연하고 웅숭하기를 바랄 뿐이다.

두 번째의 이유는 가부장적 아버지의 폭력성, 그로 인해 상처받는 가족들, 뒤따르는 가족의 해체, 가족에 의한 상처의 대사회적 확대 등등으로 이어지는 일련의 전개과정이 어디서 많이 보아온 하나의 공식 같다는 것이다. 이건 8~90년대 페미니즘 소설에서 신물 나도록 확대 재생산되었던 단골 메뉴가 아닌가 싶다.

한때 여성 작가의 작품을 대하면 마음이 조마조마해지던 기억이 있다. 제발 이 작가의 작품에는 폭력적 아버지, 가족 간의 갈등, 어린 시절의 상처, 가족의 해체, 불륜 등등의 소재가 등장하지 않기를 비는 마음에서였다. 그것들이 잘못되었다는 것이 아니라 여성작가의 작품에 유행처럼 어김없이 등장하여 하나의 상투성을 형성하는 것이 문제였다는 것이다.(그렇다고 필자가 여성작가들에 편견을 가진 것은 아니다. 오히려 여성작가들을 좋아하는 편이다. 다만 경험적 사실이 그렇다는 이야기임을 밝혀둔다.) 정혜경의 「부러진 활」도 그런 상투성의 답습에서 크게 자유로워 보이지 않는다.

정인이 과감한 형식실험에 나섰다. 정인의 「고리」(『좋은 소설』, 2007년 겨울호)는 인간의 세계를 종돈 사육장의 돼지의 세계로 고스란히 옮겨놓는 파격을 실험하고 있다. 이러한 풍자의 기법은 정인이 지금까지

고수하던 델리킷한 작품 세계와는 전혀 딴판이다. 그녀는 그런 세계에 어지간히 싫증이 났나 보다. 그녀는 더럽고 거칠고 살벌한 세계로 우리를 안내한다.

끊임없이 암놈과 교미를 해야 하는 수퇘지 버트와 그런 종돈으로부터 정액을 받아 줄기차게 새끼를 낳아야 하는 암퇘지 '나'는 거대한 구조적 억압의 체계 아래 묶여 있다. 비극은 이 두 돼지가 인간과 같은 자의식을 가지고 있다는 점이다. 전생에 인간이었던 기억을 가진 돼지들, 이보다 더 큰 비극이 있을까. 이 돼지들이 처한 극한상황은 인간의 실존적 조건을 상징하고 있는지도 모른다. 우리의 삶도 어떻게 보면 그런 돼지의 삶과 하나도 다를 게 없다는 이러한 페시미즘적 인식을 박진감 넘치게 풍자하고 있는 것이 이 작품이 아닐까.

그런 의미에 있어 정인의 풍자적 기법은 나름대로의 의의를 확보하고 있다고 볼 수 있다. 흔히 풍자는 원관념과 보조관념 사이의 길항관계 위에 성립한다. 원관념을 직접적으로 드러내기 어려운 정치적, 사회적, 문화적 상황에서 간접적 비판을 위한 장치이다. 또는 그런 상황이 아니더라도 원관념과 보조관념 사이의 결합이 너무도 절묘하고 절실하여 풍자의 기법을 택하는 것이 훨씬 더 효과적이라고 판단될 때 사용되는 장치이기도 하다.

그런 풍자의 원론적인 의미를 따라 이 작품을 들여다보면 정인의 「고리」가 구태여 이 과도한 풍자의 장치를 빌려와 표현하려는 게 무엇일까 하는 의구심이 일어난다. 이 작품이 숨겨놓은 원관념이 과연 그에 걸맞은 보조관념을 차용하고 있는가 하는 문제이다. 다시 말해 원관념이 보조관념을 얼마나 절실하게 원하고 있으며 그 결합은 얼마나 절묘한가, 그리하여 그러한 결합관계가 얼마나 효과적인 표현의 묘를 얻고 있는지 살펴보아야 한다는 것이다. 또 하나는 인간이었던 전생의 삶과 현재 돼지로서의 삶 사이의 결합 자체도 아무런 의미화 없이 형식적으로 나타난 것도 아쉬운 대목이다. 그러난 이러한 아쉬움에도 불구하고 이 작품은 좋은 작품이다. 새로운 시도를 두려워하지 않는 씩씩함, 그것은 좋은 소설의 덕목임에 틀림없다.

홍인기의 「마른 강」(『작가와 사회』, 2007년 겨울호)에 대해서도 똑같은 아쉬움을 토로해야 한다는 건 참 안된 일이다. 가상현실을 그려내고 있는 이 독특한 미래소설은 SF를 본격소설로 끌어오는 포스트모던한 착상을 보여주고 있다. 생태환경이 권력과 계급을 결정짓는 기준이 될 수도 있는 미래세계에 대한 놀라운 상상력을 보여주고 있는 것이다. 헉슬리의 『멋진 신세계』의 한 대목을 보는 듯하다.

이런 참신한 상상력에 값하는 주제의식이 인물들을 통해 더욱 구체화되었더라면 좋았을 뻔했다. 홍인기는 이 작품에서 미래세계의 모습을 그려내는 데만 몰두하고 있다. 해설을 통하여 혹은 편집자적 논평을 통하여 미래세계는 이러저러하다는 설명을 하는 데 몰두한 나머지 정작 중요한 것을 놓치고 있다. 그런 세계 속에서 살아가는 인물들이 어떠한 갈등을 겪고 있으며 그들의 의식은 무엇을 바라보고 있느냐 하는 점, 그리고 그러한 인물들의 갈등과 의식이 오늘날의 우리와 어떤 연관성 속에 놓여 있느냐 하는 점이다. 미래세계의 신이성은 영화를 통해 익히 보아왔다. 소설에서 우리가 보고자 하는 것은 그런 신이성이 아니라 인간의 갈등과 시각이다.

신세대 작가의 가장 두드러진 특징 중 하나는 서사보다는 이미지를 중시한다는 것이다. 그들은 이야기가 본질인 소설을 쓰면서 서사에 의존하기보다는, 표면적으로는 서사적 언어에 기대면서도 실상은 시각적 이미지를 추구하는 데에 더 치중한다.

이우현의 「데자뷰」(『좋은 소설』, 2007년 겨울호)와 이미욱의 「쎄쎄쎄」(『좋은 소설』, 2007년 겨울호)가 그런 특성을 잘 보여주고 있다. 「데자뷰」가 시나리오와 같은 장면번호로 나뉘어 있다는 것은 이 작품이 장면의 이미지성을 노골적으로 선호하고 있음을 보여준다. 이 작품에서 서사는 별 의미가 없다. 아는 선후배들이 술집에 모여 지난 사랑 이야기를 들려주는 것이 전부다. 이때 중요한 것은 그 사랑의 장면이 보여주는 감각적인 이미지이다.

나는 그가 쓰러지리라 예상하고 있었다. 그가 바닥에 누워있는 장면을 분명히 보았기 때문이었다. 그 영상이 떠오른 때는 그와 내가 과 사무실에서 지하철에서의 마비 증세를 말하던 순간이었다. 그이 얼굴 옆으로 그의 눈이, 허공을 응시하는 눈이, 고함을 지르는 내 눈과 마주친 그의 눈 속에 내가 들어있지 않은 그 허망한 감정까지 고스란히 그려진 영상을 본 것이었다. 이전까지 한 번도 눈여겨 본 적이 없던 강의실 시멘트 바닥의 알록달록한 무늬는 왜 그리 선명했던지.

감각적인 문체로 동성애자의 세계를 묘파하고 있는 「쎄쎄쎄」도 정도의 차이는 있지만 이미지 중심의 글쓰기를 보여준다. 사건이 없는 것은 아니지만 사건 그 자체보다는 그것이 환기하는 이미지가 더 중시된다. J의 죽음은 어떤 의미로 제시되기보다는 다음과 같이 이미지로 전환된다.

> K의 눈길을 모았던 J의 유골단지. 나는 유골단지를 가져와서 뚜껑을 조심스레 연다. 그리고 K의 몸에 J의 유골가루를 꼼꼼하게 바른다. 어릴 적 K가 내게 베이비파우더를 발라준 것처럼. 톡톡톡
>
> K의 몸은 하얗게 굳어 가고 있다. 나는 무덤 같은 K의 몸에 가지 못한다. 내 몸은 실로 멀쩡하다. 그런데 내 몸은 멈춰 있다. 자기 감정과 생각에 솔직하고 사람들에 둘러싸여 있어도 고독하다고 치부해버리는 K를 보고 있는 동안 나는 마비 증세를 앓는다. 지독한 공기의 흐름 속에서 나를 지켜보고 있는 시선을 느낀다.

이미지란 우리의 행동과 생각, 감정, 욕망을 시간을 초월해 소통하기 위한 매개 수단이다. 현대 사회가 갈수록 복잡해지고 다중적이 되면서 주체는 사물과 현상을 수용함에 있어 속도감을 요구하게 되었다. 그 속도감의 요구에 부합하는 것이 이미지의 활용이다. 그러나 그 속도감은 고도의 형이상학이나 성찰을 담아내기에는 역부족일 뿐만 아니라 성찰의 철학적 전개를 방해할 수도 있다. 그래서 이미지 중심의 언술은 현실에 대한 비판력을 상실케 하고, 이미지에 사로잡혀 주체를 상실해버리는 현상을 낳기도 한다.

신세대 작가의 또 다른 특징 하나는 고립적인 인간상이다. 타자와 혹은 세계와 관계맺음으로써 서사가 탄생하므로 서사를 거부하는 이미지 중심의 글쓰기는 필연코 고립적인 인간상을 낳는다. 신세대 작가들의 인물들은 사회와의 유대를 중시하지 않는 고립적인 인물들이 많다. 타자와의 관계를 맺더라도 그들은 소수의 주위 인물들과의 관계에만 제한되어 있다.

「데자뷰」에서는 술집에 모인 그들 그룹만이 기억을 공유한다. 그들이 공유한 기억만 문제가 될 뿐이다. 「쎄쎄쎄」에서는 '나'와 K와 J의 공동생활만이 문제가 된다. 그들이 성적 소수자인 동성애자라는 것도 고립성을 보여준다. 고립적인 인간에게 자아와 사회의 관계, 자아와 역사의 관계는 무의미하다.

> 1976년 죽은 영혼의 달인 11월도 모르겠고, 희뿌연 안개 속을 헤치며 베리에르 성의 정원으로 들어선 흰색 앰뷸런스가 어떤 일을 했는지도 모른다. 분명하게 확인한 일은 11월 24일이 군 입대일이라는 것과 결혼예정일이라는 것뿐이다. 말로의 사망? 관심 밖의 일이다.

다만 우리가 따져봐야 할 것은 그 고립적인 태도가 작가의 것인지, 인물의 것인지를 가려내는 일이다.

이정임의 「눈, 오르다」(『작가와 사회』, 2007년 겨울호)도 주목해볼 작품이다. 신세대 작가답지 않은 사실적이면서도 감각적인 문체로 노래방 도우미에서 매춘녀로 전락해가는 인물의 의식을 잘 그려내고 있다. 물질적 욕망에 의해 인간적 가치가 훼손되어가는 과정을 노래방과 호텔을 배경으로 대비시키고 있는 것과 눈이 가진 상징성이 좋았다. 그의 정진을 지켜볼 일이다.

윤정규의 작품 세계

2002년 5월 28일, 고혈압으로 급작스럽게 타계한 작가 윤정규의 소설을 다시 읽으며 새삼 비감하기 그지없다. 그는 일찍이 부산 소설 문단의 중심으로 자리매김했었고 후학들에겐 늘 든든한 대부 같은 풍모를 지녔었다. 그의 문학적 역량도 역량이지만, 후학들에게 때로는 자상한 격려와 때로는 따끔한 충고를 아끼지 않던 그 인간적 매력이 그를 잃은 슬픔을 배가시킨다. 무던히 술과 사람을 좋아하던 그 여유로운 품성 하며, 불의에 대해선 거침없이 독설을 퍼부어대던 그 못 말리는 고집 하며, 그러면서도 후배 작가들을 살갑게 챙겨주던 그 넉넉한 아량 하며, 그 모든 것이 이젠 다시 만날 수 없는 일이 되어버렸다. 그는 가버렸다. 우발머리에 캡틴 모자를 눌러쓰고 걸걸한 목소리로 특유의 사투리를 툭툭 던져대던 그 모습을 후학들의 추억 속에만 남겨놓고. 그리고 이제 그의 소설만이 남았다. 작가 윤정규는 가고 그의 소설만이 남아 다시 우리에게 걸걸한 목소리로 말을 걸고 있다. 이제 그의 소설이 우리에게 건네는 말에 귀를 기울여야 할 때인 것 같다. 그 귀 기울임으로 하여 부디 그를 잃은 슬픔이 그를 재발견하는 기쁨으로 승화될 수 있기를….

윤정규 소설의 가장 큰 특장은 역시 사회비판 의식일 것이다. 그의 작품들은 사회 현실의 반영과 비판이라는 리얼리즘 방식에 투철하다. 인물들은 보통 오염된 사회 현실에 분노하고 저항한다. 사회를 바라보는 그의 시각은 고집스럽게 소위 '가진 자'와 '가지지 못한 자'의 이분법적 대립을 지향하고 있다. 그리고 작품의 내포작가는 늘 후자 쪽에 서 있다. 그의 초기 작품들은 대부분 이런 공식에서 크게 벗어나지 않는다.

중편 「장렬한 화염」(『상황』, 1972년 여름호)에서 민수는 주물공장의 보조직공부터 시작하여 이제 공장장의 지위에 이른 인물이다. 그는 새로 부임한 사장과 노조결성 문제, 임금체불 문제, 어머니의 병환 때문에 어쩔 수 없이 공장의 물건을 훔친 직공의 처벌 문제 등으로 대립한다. 민수 등이 내놓은 타협안을 수용하겠다던 애초의 약속을 깨뜨리고 젊은 사장은 일방적으로 파기를 선언한다. 민수는 직공들과 농성에 돌입하는데, 밤을 새우려 모닥불을 피우다 실수로 공장에 불을 내게 된다. 그러나 일단 불이 나자 민수는 불을 지르고 싶었던 것이 정말 자기의 심정임을 깨닫는다. 그는 미친 듯이 다 타버리라고 소리를 지른다.

다음 순간 민수는 저도 모르게 두 팔을 휘두르며 소리치고 있었다.

“자알 탄다. 싸악 타 버려라. 세계가 탄다. 자알 탄다. 싸악 타 버려라.”

그는 미친 듯이 두 팔을 휘두르고 몸을 껑충거렸다. 흡사 광인이 춤추듯…. 백여 명의 직공들 중에 민수의 그 외침소리를 못 들은 사람은 몇 명 없었다. 그 몇 명을 제외하고는 모두 민수가 미쳐 버렸음을 똑똑히 알아챘다.

이 작품은 1972년 발표된 것인데, 이 시기에 박 정권의 개발 독재가 한창 진행되었으며 유신 헌법의 반포를 코앞에 두고 있었다. 또한 개발 독재가 가속화되면서 산업현장에서 노동자의 대우는 날로 더 열악해져가고 있었다. 한편으로는 전태일로부터 시작된 노동운동이 겨우 싹을 틔우던 시기이기도 했다. 이 시기에 노동문제를 정면으로 다룬 「장렬한 화염」은 이후 70년대와 80년대의 노동소설의 초석이 될 만하다고 해도 과언이 아닐 것이다. 더구나 산업화의 기치 아래 정경유착의 더러운 첫 단추를 끼우던, 박 정권의 서슬이 시퍼렇던 그 시절에 이런 작품을 발표한 것은 윤정규의 사회의식의 선구자적 성격을 짐작케 한다.

그의 대표작인 중편 「오욕의 강물」(『창작과 비평』, 1969년 봄호)에서도 윤정규의 이러한 사회의식이 도저하게 나타나 있다. 「오욕의 강물」의 주인공 이상태는 부정적이고 아이러니한 인물이다. 그는 자유당 산하의 어용적인 반공단체에 몸담아 소위 ‘애국운동’의 선봉장으로, 빨갱이를 때려잡고 야당에 대한 불법적인 테러를 자행하는 데 앞장섰던 인물이다. 4·19와 5·16으로 반공 단체가 해체되고, 이후 그는 건설 현장의 부감독으로 부임한다. 그러나 그는 공사 현황에는 관심이 없고 옛날 애국운동을 하던 시절을 그리워하며 그런 시절이 다시 돌아오기를 고대한다. 그는 감독인 오 기사에게 과거 자신이 한 행동이 지극한 애국적인 행위였으며 모든 국민이 그런 자신의 행동을 본받아야 한다고 역설한다. 또한 자신을 애국현장에서 공사현장으로 내몬 것이 4 · 19 때문이라고 여기며 4 · 19에 대해 극심한 반감을 가진다. 그는 4 · 19가 괴상한 민란이며 자신들의 애국행위에 대한 배은망덕의 소치라고 생각한다. 따라서 나라의 법도(法度)를 어기고 국부(國父)를 몰아내려 음모하는 이 사태를 국민주권의 승리니 민주주의의 복귀니 하고 떠들어대는 국민들이 이해되지 않는다.

그는 또한 군사정권에 대해서도 철저히 어용적인 의식을 가지고 있는 인물이다. 향토예비군법에 대해 반대하는 오 기사에 대해 그는 입에 거품을 물고 향군법의 필요성을 주장한다.

> 도대체 글러먹었다고 생각하오. 이 비상시국에 일상생활의 질서란, 뭘 말하는 기요? 나라가 풍전등화 같은데 개인이 문제 갔소? (…) 난 말이오, 향군무장만으로 안 된다고 생각하오. 적어도 이스라에루 식으로 해야 하는 기요. 미니스카도니 하이히루니 신고, 다방이다 술집이다 비서다 하는 가시나들도 모두 총을 메고 멸공전선에 나가야 한단 말이요. 아시겠소? 만약에 내가 대통령이라면 말이오, 이렇게 약하게 안 하요. 집집마다 총을 줘서 지키게 할 것이고, 순찰반을 만들어 낯선 사람이 있이믄 모조리 검문검색을 하도록 할 것이요, 휴전선을 보더라고 안 그리고 되겠소? 절

대로 해야 하는 기요.

그는 철저히 극우적인 사고방식에 젖어 있다. 그리고 그는 그런 자신의 행위와 의식이 지극히 애국적인 것으로 확신한다. 그래서 그는 자신이 그러한 애국적 행위에 대한 보상을 받아야 한다고 생각한다. 그는 공사 현장의 건축 자재를 팔아 자신의 술값에 충당하면서도 전혀 죄의식을 가지지 않는다. 그것은 자신이 받아야만 할 정당한 보상이라고 믿기 때문이다.

이상태는 매우 풍자적인 인물이다. 그의 이름을 이상태(異常泰)로 설정한 것부터가 그런 풍자의 효과를 노리고 있음을 보여준다. 이상태가 자신의 극우적 사고를 가장 애국적 의식이라고 역설하면 할수록 독자는 이상태의 행위와 언술에서 역으로 무엇이 진실인지를 깨닫게 되는 것이다. 그리고 자신은 과연 이상태와 얼마나 다를 것인가 하는 자기반성을 불러오게 된다. 이것이 이 소설이 겨냥하고 있는 풍자의 효과다.

이것은 채만식의 「치숙」을 연상케 한다. 「치숙」의 작중화자인 '내'가 오촌 당숙을 비난하면 할수록 독자는 민족의식이나 연대의식은 없고 오직 일본인 주인에게 잘 보여 출세하는 것을 최고의 가치로 여기는 '나'의 기회주의적이고 물신주의적인 성격에 반감을 가지게 된다. 부정적이고 풍자적인 인물을 주인공으로 삼고 있다는 점에서 「오욕의 강물」은 「치숙」과 매우 흡사한 극적 아이러니의 기법을 구사하고 있다고 할 수 있다.

풍자의 기법은 정치적 현실과 세상 풍조, 기타 일반적으로 인간 생활의 결함, 악폐(惡弊), 불합리, 우열(愚劣), 허위 등에 가해지는 기지 넘치는 비판적 또는 조소적(嘲笑的)인 발언이라고 정의할 수 있다. 본래 풍자는 비판을 허용하지 않는 환경하에서 비판을 해야 할 필요성을 느낄 때 우회적으로 공격하는 기법이다. 이 작품이 발표된 시기는 박정희 군사정권이 반공을 국시로 내걸고 냉전 논리를 강화하며 개발 독재를 서두르던 때였다. 당시, 국민 단결의 기치 아래 정부에 대한 어떠한 비판도 용납되지 않았다. 윤정규가 풍자의 기법을 채택한 이유도 이러한 사회적 분위기와 무관하지 않을 것이다.

「오욕의 강물」에서 이상태의 상사였던 장 과장은 소위 '애국행위'를 그만두고 건설회사의 사장으로 변신한다. 그는 이상태에게 옛날의 행태는 다 버리고 돈을 벌어야 한다고 권유하며 이제 돈을 버는 것이 애국행위라고 강변한다. 그리고 어떻게 고위층과 잘 어울리며 돈을 벌 수 있는지도 가르쳐준다. 그리하여 이상태는 이제 돈을 벌기 위하여 임금을 체불하고 건자재를 빼돌려 파는 부정을 더욱 더 노골적으로 저지른다.

이것은 자유당 정권의 극우세력들이 공화당 정권하에서 부유층으로 전환하는 과정을 보여준다고 볼 수 있다. 산업화, 근대화란 미명 아래 임금 착취와 부정과 정경유착을 통한 부의 축적 과정을 보여주는 것이다. 부실공사로 지어진 건물이 폭풍에 무너져 그 속에 깔려 죽게 되는 이상태의 마지막 비극은 이런 구조적 모순의 비극성을 상징적으로 보여준다고 할 수 있다.「오욕의 강물」에서 윤정규는 풍자라는 기법으로 이런 사회적 부정부패를 통렬히 고발하고 있는 것이다.

왕 회장이란 재벌이 어떻게 한국의 유수한 재벌로 성장했는가 하는 문제를 다루고 있는 「애국합시다」(『월간문학』, 1972년 4월호)는 바로 이러한 고발의 연장선상에 있는 작품이다.

「애국합시다」는 좀 특이한 소설이다. 우선 이 작품은 서사구조를 무시하고 있다. 여기엔 일정한 줄거리가 없다. 또한 주인공도 없다. 구태여 따져본다면 시민들이 주인공이라 할까. 왕 회장이란 재벌의 와병설을 소재로 납품업자, 회사의 말단사원, 공장의 직공, 교사, 샐러리맨 등의 소시민들이, 그 왕 회장이 오늘날 재벌의 위치에 올라서기 위하여 어떻게 권력과 결탁했으며 어떤 부정과 비리를 저질렀는가에 대하여 두서없이 왈가왈부하고, 중학생 Y군이 그 이야기를 어떻게 받아들이는가 하는 것이 이야기의 전부다. 이 작품은 왕 회장이 불치의 병으로 입원을 하는 것을 계기로 이 재벌이 어떤 과정으로 부자가 된 것인지를 여러 인물들의 말을 통해 밝혀나가고 있다. 일정한 서사 구조가 보이지 않고 여러 인물들이 순서 없이 나타나 왕 회장의 입원이란 공통적인 소재로 이야기를 풀어나가는 독특한 형식의 이 소설은 윤정규의 사회비판 의식을 직설적으로 보여준다.

"난 부자를 요하는 것이 아니야. 그들이 어떻게 부자가 됐느냐는 그 과정을 비난하는 거야. 만약 그들 중의 어느 누구가 저지른 비양심적인 상술, 수탈적인 산업행위가 용서된다면, 사회 정의는 영영 실현되지 않고 말 것이니까 말이야. 부자에 대한 시민적인 증오는 곧 시민들이 계몽되고 있다는 증거야. 우린 그걸 더 키워야 돼. 권력과의 결탁, 부정과의 야합에 대해 증오를 느낄 때 그런 재벌은 더 이상 생겨나지 않는단 말이야. 하느님께서 내게 그런 말을 하였어. 문제는 이런 시민적 증오를 어떻게 열매 맺게 하느냐는 것이야. 범시민적인 운동이 있어야 하고, 국민적인 운동이 필요해. 이건 틀림없는 사실이야, 알겠나?"

인물의 입을 통해서 말하고 있지만 이 말은 작가 윤정규의 생각을 대변하고 있다고 보아도 무방할 것이다. "권력과의 결탁, 부정과의 야합에 대한 증오"는 윤정규의 체질적 특성으로 보인다. 그는 평소에도 실력으로가 아닌, 권력을 배경으로 혹은 물질이나 권모술수로 남 앞에 나서는 인사를 지극히 싫어했다. 그런 인사들에 대해선 끝까지 몽니를 부리는 고집쟁이였다. 한번은 그가 취직자리 정도는 알아봐 줄 수 있는 위치에 있었을 때 어떤 지인이 자신의 아들을 취직시켜달라는 부탁을 하였다. 윤정규는 지인의 부탁을 받고 일 년이 지나도록 가타부타 말이 없었다. 그러자 그 지인이 윤정규의 욕을 하고 다녔는데 알고 보니 윤정규는 그 취직자리에 대해 청탁의 말을 꺼내지도 못한 채 무척 마음고생을 했다는 것이다. 그 후 지인의 아들이 취직을 하는 바람에 그 일은 유야무야로 넘어갔다고 한다. 윤정규는 바로 그런 사람이었다.

신비평가들은 작가의 개인적인 삶과 작품은 엄격히 분리해야 한다고 주장한다. 예술 작품은 한 작가의 현실적인 삶보다는 오히려 그 작가의 상상적인 삶(일상적인 삶과 구분되는)을 구체화하고 있는 것이라고 보는 것이다. 르네 웰렉과 오스틴 와렌은 예술작품은 그 뒤에 실제 인물이 숨어 있는 '가면', '비자기(antiself)'일 수도 있다고 하여, 작가의 일상적 삶과 작품을 일정하게 대응시키는 것은 무의미하다고 하였다. 이는 매우 타당한 견해이다. 그러나 작가의 사적인 취향, 의식, 환경 등 작가의 일상적 삶의 항목과 작품을 대응시키는 역사 전기적 방법은 언제나 흥미롭다. 레온 에델은 "비평이란 본질에 있어서 부분적으로는 전기적 과정임을 배워야만 할 것이다."라고 하면서 "작가의 내면생활 즉, 그가 쓰는 행위를 하면서 살았던 예술가로서의 삶의 부분, 문학적 관습과 예술적 선입견과 전통 속에 교묘하게 싸여 있으면서 문학으로 가장하여 나타나고 있는 부분의 탐구"를 비평의 중요한 영역으로 보았다.

작가에 따라서는 일상적 삶의 모습과 작품에 나타나는 상상적 삶이 전혀 다르게 나타날 수 있다. 그래서 평소에 그 작가의 일상적 삶의 모습을 잘 아는 이가 그의 작품을 읽으면서 의외라는 느낌을 받기도 하는 것이다. 그러나 윤정규만큼 그 일상적 삶의 모습과 작품에 나타난 상상적 삶의 모습이 일치하는 경우도 드물 것이다. 이런 관점에서 그의 작품을 들여다보면 미소가 슬며시 떠올려지는 부분이 분명히 있다. 가령「오욕의 강물」의 이상태는 조직 생활에 익숙하지 않은 인물로 나타나는데 작가 윤정규 삶의 경력을 살펴보면 그러한 인물의 설정이 어디에서 연유하는지를 짐작하기 어렵지 않다. 그는 평생 네 번의 직장생활을 했는데 그때마다 1년을 넘겨본 적이 없다. 어떤 직장은 2개월도 채우지 못하고 그만두기도 했다. 그는 생래적으로 조직생활에 혐오감을 가지고 있었던 듯하다.

윤정규는 평소 술을 무척 즐긴 애주가였다. 식사는 잘 챙기지 않으면서 자리에 앉으면 꼭 소주를 찾곤 했는데 대단히 많은 주량에 비해서 주정을 하는 법이 없었다. 그의 작품에 술자리 장면이 자주 나오는 것은 그의 현실적 삶의 모습이 반영된 것이라고 볼 수 있다.

윤정규의 사회비판 의식은 정치에 대한 끊임없는 관심에서도 나타난다. 평소 윤정규는 술자리에서 도도한 정치 비판을 즐겨했다. 오랫동안 일간지의 논설위원을 지낸 경력 때문이기도 하지만 정치에 대한 그의 명확한 분석과 풍부한 상식은 유명했다. 사석에서 누군가 정치적 역학관계를 엉뚱하게 재단해낼라치면 그는 곧잘 살래살래 손을 흔들며 '그기 아이지'하고 토를 달고 나오곤 했다. 이런 정치적 관심은 「오욕의 강물」과 최근 작품인 『얼굴 없는 전쟁』 등의 작품에 잘 나타나 있다. 「오욕의 강물」에서는 신문 표제를 나열하는 방식으로 정치적 감각을 간결하고 속도감 있게 표현하고 있다.

「民族自決精神은 살아 있다」

「신민주의적인 신탁통치를 반대한다」

「신탁통치를 결사반대한다」

「獨立이 아니면 죽음을 달라」

「남한 단독 선거 실시를 결정」

「남한만의 총선거는 반대한다」

「남한 총선거 실시」

「총선거 닥치다」

「총선, 개표 완료」

「白凡 金九 先生 被殺!」

「京橋莊 二층에서 범인은 윤군 소위 安斗熙」

「아아! 白凡先生 가시다」

「民族의 太陽, 白凡先生, 同族의 손에 피살되다」

「아아! 가시다니, 가시다니, 어린 羊 버려두고 비명에 가시다니」

「이 대통령, 반공포로 석방 지시」

「반공포로, 겨레의 품으로」

「반공포로 석방, 이 대통령의 영단」

「一黨國會를 通過視」

「鄕軍法에 新民黨 反對키로」

「基本權에 제약 等 들어 反對」

이런 정치적 감각은 그의 사회비판 의식의 밑바탕을 이루고 있다. 『얼굴 없는 전쟁』에서도 윤정규는 때때로 이런 정치적 감각을 보여준다. 주인공 김덕중은 과거 충무로 영화판의 분장사로서의 잘못된 삶 때문에 20년간 홀로 칩거하며 살아가는 외로운 노인이다. 그는 자신의 집에 피신하여 들어온 박학수를 도와 조직폭력배의 중간보스인 오기삼을 처치한다. 그리고 박학수로 분장하여 그를 대신해 죽을 계획을 세운다. 이런 일련의 사건 속에서 윤정규는 김덕중 노인의 시각을 통해 때때로 현실 정치를 해설하기도 하고 비판하기도 한다.

정치권과 남북 이산가족 상봉에 관한 뉴스가 흘러나오고 있었다. 남북한 이산가족의 상봉이 2000년에는 두 차례로 끝나고 세 번째는 새해가 와야 가능하리라는 소식을 전하는 아나운서의 목소리가 조금은 활기 없게 느껴졌다. 뒤이어 정치권의 진흙탕 싸움이 재연됐다는 개똥같은 소식을 전하고 있었다. 노인은 쓴 입맛을 다셨다. 정치한다는 작자들의 도덕적 감성과 지혜가 밑바닥인 줄은 알고 있었지만 허구헌 날 똥구덩이에서 뒹굴어대는 속셈을 알 수가 없었다.

"6 · 15를 기점으로 남북한 사이에 무슨 물꼬가 트이긴 트이는 모양인데 정치하는 놈들이 저 지경이어서야 통일을 해봐야 나라 잘되긴 그른 것 같애."

노인이 혼잣말처럼 중얼거렸다.

학수가 라디오를 켜둔 채 텔레비전을 켰다. 마침 뉴스가 나오고 있었다. 파업을 계속하고 있는 병의원에 대해 정부가 강경 대응하기로 했다는 소식과 특히 전공의들의 강력한 반발 소식이 농성 중인 전공의들의 모습과 함께 전해지고 있었다. 노인은 농성 장면이 보기 싫어 고개를 돌려 버렸다.

이 밖에도 이 작품의 중간중간에는 현실 정치에 대한 관심을 표명하는 부분이 제법 나온다. 이런 현실 정치에 대한 관심은 얼핏 보아 이 작품의 주된 줄거리와 별 상관이 없어 보인다. 이런 현실 정치의 특정 사건이 이 소설의 줄거리 전개에 아무런 역할도 하지 않기 때문이다. 그러나 보다 근본적으로 따져보면 김 노인의 정치적 관심은 간접적으로 줄거리 전개에 역학적으로 작용하고 있음을 볼 수 있다.

> 자유당 때 한국의 깡패란 깡패는 모조리 자유당 끄나풀이었고 이기붕 국회의장의 수하였어. 그러니 경찰이 어떻게 맥을 추겠나? 오히려 경찰이 깡패들 폭력을 비호하고 호위병 노릇을 했다고…. 선거에 이용하고 관제데모에 앞장을 세운 거야. 지금이라고 뭐 변한 게 있겠어? 제 잘난 척하는 정치인들의 경호인이나 재벌들 경호원들이 거의 다 그런 종류라 들었어. (…) 오기삼이도 부하들을 그런 경호원으로 심어놓고 목에 힘을 주고 있는 게 틀림없어. 그러니 그런 조직이 살아 있는 게 아니냐구. 우리는 지금 거대한 사회악을 상대로 버거운 전쟁을 하는 거지만 나는 반드시 승리하리라 확신한다네.

박학수가 자신을 이용하고 배신한 조직의 중간보스 오기삼에게 복수하는 행위, 또 김 노인이 그런 박학수를 돕는 행위는 결국 '거대한 사회악'과 싸우는 것이 된다. 독자에 따라선 이 부분을 받아들이기 힘들지도 모르겠지만 어떤 사회적 현상도 현실정치와 연결시켜 생각하는 작가 윤정규의 일상적 삶을 상기해보면 이해 못할 바도 아니다. 이처럼 현실 정치에 예민한 그의 감수성은 늘 깨어 있는 사회비판 의식으로 나타나고 있는 것이다.

윤정규 소설의 또 하나의 특성은 투철한 역사의식이다. 그는 일련의 역사소설을 발표했는데, 「아리랑」, 「신양반전」, 「왕과 왕」, 「운명의 늪」, 「배신」 등이 그것이다.

윤정규는 스스로 역사소설을 쓰는 이유를, "역사를 통해 미래를 조망하려면 역사와 대화를 해야 하며, 역사와의 대화는 밖으로 드러난 현상만을 보는 것이 아니라 현상의 그늘에 가려진 진실에 다가설 때 비로소 가능하리라는 생각" 때문이라고 했다. 그것은 매우 타당한 견해임에 틀림없다.

발터 벤야민은 "역사란 승리한 자의 역사"라고 했고 문화 게릴라 이윤택은 "역사란 조건 없이 쓰다 버린 일회용 콘돔에 지나지 않는다."라고도 했다. 이것은 결국 밖으로 드러난 역사라는 것이 절대로 진실을 담보하지 못한다는 판단을 담지하고 있다. 역사란 그것을 기록하는 자의 의식에 의해 굴절되는 그 무엇이다. 역사를 기록하는 당시의 지배 이데올로기가 만든 하나의 허구일 수도 있다는 것이다. 그러므로 밖으로 드러난 역사의 허구성을 걷어내고 은폐된 진실의 구체성을 확보하는 것은 작가의 의무이기도 하다. 그 진실은 현재의 상황과 대응될 때 의미를 가진다.

윤정규는 일련의 역사소설을 통해 진실의 구체성을 독자 앞에 제시하고 그것을 현재 속에서 의미화시킨다. 중편 「아리랑」은 임진왜란 당시 왜군에게 끌려간 조선인 도공 심수관의 일대기를 그리고 있다. 당시

까지만 해도 도자기 제조 기술이 전혀 없었던 일본에서 도예계의 원조로 우뚝 설 때까지의 신산했던 삶을 조명한다. 이 작품에서 초점을 맞추고 있는 것은 심수관이 온갖 박해와 탄압에도 불구하고 조선의 이름을 버리지 않고 대대로 물려주며 끝까지 조선의 관습을 고집했던 정신과 나라가 힘이 없어 다른 나라에 끌려온 백성이 당해야 하는 민족적 설움이다.

약소민족으로서 겪어야 하는 민족적 고통은 특히 최근 작품인 「왕과 왕」에 극명하게 나타난다. 이 작품의 집필 의도와 주제의식은 작가의 후기에 잘 나타나 있다.

> 이 소설은 고려 제 26대 임금인 충선왕의 일대기이다. 그는 세계적인 제국을 건설한 원나라 세조 쿠빌라이의 외손자로 태어난, 고려 왕실에서는 가장 힘 있는 왕위 계승자였다. 그러나 24세 때 등극했다가 불과 8개월 만에 왕위를 빼앗겼고 10년 동안 와신상담 끝에 고려왕으로 복위를 하고 이어 심왕을 겸하는 등 두 나라 왕이 되었지만 재위 기간은 겨우 5년이었다. 정치적 압박을 견디지 못한 결과였다. 양위만으로는 정치적 입지를 굳힐 수 없었던 그는 결국 멀고 먼 티베트 땅으로 유배를 가는 불행을 겪어야 했다.
>
> 충선왕의 인생 역정은 한 나라의 왕으로서뿐만 아니라 인간으로서도 너무 비극적이다. 그의 비극은 조국이 원나라의 지배를 받는 약소국이었기 때문이다. 그는 우리 역사상 약소국이 어떤 압박과 수탈을 당해야 하는지를 가장 잘 보여준 왕이라 해도 과언이 아니다. 약소국이 겪어야 하는 고

통은 오늘도 지속되고 있지 않은가.

약소국의 왕이 당해야 하는 고통은 말할 것도 없이 약소국 전체 백성의 고통을 상징하고 있다. 그리고 그 고통은 천여 년 전의 일로 끝난 것이 아니라 오늘날까지도 이어지는 현재진행형임을 윤정규는 분명히 하고 있다. 그의 역사소설의 의미는 바로 여기에 있다.

거의 장편에 가까운 길이를 가진 중편 「신양반전」은 1900년대부터 박정희 정권이 들어선 당대까지 아우른 역사소설이다. 어릴 때의 친구인 창균, 상기, 민우가 일제강점기하에서 계층의 차이, 의식의 차이로 인하여 어떻게 대립하고 갈등하는가 하는 과정을 보여준다. 이런 대립과 갈등의 중심에는 민족의식이 자리 잡고 있다. 창균은 수많은 고초를 겪으면서도 끝까지 조선어학회의 활동에 참여하고 고향을 지켜내려고 노력하면서 민족정신을 잃지 않으려는 인물이다. 그는 민족이 고통받는 시대에 온몸으로 그 고통을 함께한다. 그에 비해 상기는 하층민 출신이라는 콤플렉스를 출세주의와 기회주의로 보상받으려고 끊임없이 친구인 창균을 괴롭히고 고문하며 투옥시키는 일제의 앞잡이 노릇을 서슴지 않는다. 그는 민족의 고통을 기회로 개인적 영락을 추구했던 것이다. 마지막으로 양반 집안 출신인 민우는 아무런 의지 없이 향락적인 태도로 세월을 보내다가 해방 후에 집안의 배경을 업고 국회의원에 당선되어 호의호식한다.

일제강점기라는 민족의 고통기를 각기 다르게 살아온 이 세 인물의 태도를 대비하면서 이 작품은 무엇이 진실인가를 독자에게 끊임없이 묻고 있다. 그리고 해방 이후 이들의 인생유전을 통해 현재 우리의 역사적 진실은 무엇인가도 묻고 있다.

해방 이후에도 상기는 여전히 경찰 고위층으로 건재하면서 이번엔 창균에게 좌익 간첩의 누명을 덮어 씌워 괴롭힌다. 일제의 앞잡이가 해방 이후에도 처벌되지 못하고 오히려 민족주의자를 박해하는 우리 현대사의 아픈 질곡을 극명히 보여주는 장면이다. 그리고 그들의 다음 세대에서도 이런 왜곡된 현실은 전혀 개선의 기미를 보여주지 못하고 오늘날까지 고착되어버렸음을 보여주고 있다. 상기와 민우의 아들들이 아버지의 권력을 등에 업고 현대 한국 사회의 상류층으로 편입되는 과정을 통해 오늘날의 '신양반' 형성 과정과 그 이면의 위선, 허구성을 밝혀낸다. 과거의 역사가 현재 사회에 어떻게 의미화되어야 하는 것이 진실한 것인가를 말하고 있는 것이다.

이 밖에도 윤정규는 「운명의 늪」, 「배신」 등에서 일제강점기 약소민족의 민중이 겪어야만 했던 처참한 운명의 모습을 제시하여 그것의 현재적 의미를 묻고 있다.

그의 초기 단편의 주인공들은 대부분 밑바닥 인생들이다. 「축생도」의 노파는 초라한 선술집 주인이다. 그에게는 폐병으로 육체가 죽어가는 큰아들과 패배의식 속에 정신이 죽어가는 작은아들이 있다. 가게에 손님은 들지 않고 그나마 든 손님은 음식 값을 떼먹고 달아난다. 재료비를 내지 못할 것을 걱정하며 노파는 절망에 빠진다. 「월야」의 기수는 왕초에게 하루하루 일당을 바쳐야 하는 구두닦이이고 「천사」의 그는 밀수꾼이다. 「잊혀진 소년」에서 소년의 어머니는 선술집 주모가 되어 몸을 팔며 살아간다.

이러한 밑바닥 인생이 아니라 하더라도 윤정규의 주인공은 이 사회의 거대한 권력에 의해 혹은 운명의 거대한 힘에 의해 부당하게 억압받고 소외되어 있는 인물이다. 「사각」의 외과 의사 오일도는 의사로서의 의무—환자는 어떠한 경우에도 치료해야 한다는—를 다하기 위해 공산 치하의 서울에 남아 부상병을 돌보아주었다는 이유로 수복 후 군사재판에 회부되어 사형을 언도받는다. 「배신」의 병수는 일제강점기, 부면장이 된 친구에게 배신당하여 일본의 광산노무자로 끌려간다. 중편 「신양반전」의 창균은 친일파가 된 친구 상기로부터 끊임없이 곤욕을 당하고 해방 이후에도 빨갱이로 몰려 경찰국장이 된 그로부터 괴롭힘을 당한다. 「굴절의 피안」의 민홍구는 자기와는 전혀 상관이 없는 회장의 사적인 감정 때문에 20여 년 헌신해온 회사에서 쫓겨나게 된다.

하층민이나 권력이나 사회로부터 소외된 인물을 주로 주인공으로 삼는다는 사실은 윤정규 소설의 민중중심주의적 특성을 보여준다고 하겠다. 이런 하층민이나 소외자에 대한 작가의 시선은 따뜻하다. 부당한 권력과 부의 축적이나 그 권력과 부에 기생하여 난 체하는 일체의 행위에 대해 지극한 혐오감을 노골적으로 표명하던 평상인 윤정규의 체질은 작품 속에서 하층민이나 소외자에 대한 지극한 따뜻함으로 나타난다.

예를 들어 「얼굴 없는 전쟁」에서는 윤정규가 주인공 김덕중 노인에게 보내는 시선이 얼마나 따뜻한 연민으로 가득 차 있는가를 볼 수 있다. 김덕중 노인은 한때 '신이 내린 손'이라는 별명으로 불렸을 만큼 빼어난 분장 솜씨로 영화판을 주름잡았던 분장사이다. 하지만 젊은 날의 폭풍은 자신도 모르는 새 그를 거꾸러뜨렸고 그는 이제 인생의 황혼녘에 와 있다. 17평 초라한 아파트에 틀어박혀 홀로 손수 밥을 해 먹고 살아가는 노인은 입버릇처럼 말한다. "은행 잔고 떨어지면 자살하면 되지, 뭐." 예민한 독자라면 이 작품의 숱한 문장에서 노인의 이 같은 외롭고 고달픈 심리와 감정을 읽을 수 있을 것이다. 사회의 소외계층인 노인을 바라보는 윤정규의 시선은 따뜻하다. 또한 김덕중 노인이 박학수를 바라보는 시선도 따뜻한 연민이다. 이러한 연민은 결국 그를 위하여 자신을 희생하기로 결심하기에 이른다. 즉 자신의 분장술을 최대한 발휘하여 김 노인은 박학수로 대신 변신하여 죽어갈 계획을 세우는 것이다. "젊은이여, 나를 딛고 오르거라."라는 온갖 풍상을 겪어낸 노년 세대의 따뜻하고 넉넉한 메시지를 읽어내는 것이 이 소설의 큰 재미다.

그의 소설이 가지는 또 다른 특성 중 하나는 바로 행동주의에 있다. 전술한 바와 같이 윤정규 소설의 인물들은 부당한 현실에 의해 억압당하는 인물들이다. 그러나 그 인물들은 한결같이 그러한 현실을 그대로 수용하는 것이 아니라 끊임없이 저항하고 새로운 모색을 향해 행동하고 있다. 그의 소설 속 주인공은 사색형이라기보다는 행동형이다. 자신의 생각과 신념에 위배되는 대상과 현실에 대하여 그는 결코 사유만 하지 않는다. 그 불의의 대상과 현실에 대하여 분연히 일어나 싸운다. 이러한 행동주의는 윤정규가 평소 아버지처럼 모셔왔던 요산 김정한의 맥락을 잇고 있긴 하지만 그 싸움에 있어 그는 요산보다 오히려 더

세련된 맛을 보여준다.

루카치는 『소설의 이론』에서 소설의 인물을 두 가지 유형으로 나눈 바 있다. 즉 영혼이 세계보다 넓어서 "순전히 내면적인 현실이 문제가 되고 또 자발적인 자기 신뢰 속에서 자기 자신을 단 하나의 진정한 현실 즉 세계의 본질이라고 간주함으로써 매우 풍부한 독자적인 삶을" 갖는 인물과 영혼이 세계보다 좁아서 "영혼은 그 자체의 내면에서 겪게 되는 문제성이 전혀 없고 영혼 속에서 일어나는 모든 활동은 하나같이 밖으로 향하는 행동이 될 수밖에 없는" 인물이 그것이다. 윤정규의 인물들은 후자에 가깝다. 그의 인물들은 세계와의 갈등과 대결에 빠져 있어 내면적 현실이나 내면적 갈등은 별로 보여주지 않는다. 다시 말해 사색적이기보다 행동적이다.

윤정규의 인물들은 억압하는 대상에 대하여 사색하기보다 행동한다. 어떠한 형태로든 그 부당한 현실에 대하여 저항한다. 그의 소설의 말미는 인물의 이런 행동으로 끝맺는 게 보통이다. 「장렬한 화염」의 민수는 불타는 공장을 향해 미친 듯이 모두 타버리라고 절규한다. 「월야」의 기수는 부당하게 자신들의 일당을 뜯어가는 왕초에 맞서 싸우다 숨이 끊어진다. 그리고 창호는 죽어가는 기수를 안고 이길 것이라고 말한다.

기수는 다시 한번 팔에다 힘을 주었다. 일어서자! 그때처럼 땅을 디디고 서자! 땅을! 그는 우뚝 일어선 자기를 느꼈다. 그리고 그때의 감동이 다시 용솟음침을 느꼈다. 그리고 (…) 그는 명암도 아무런 색감도 느낄 수 없는 깊은 수렁 속에 빠져드는 것 같은 피로를 느꼈다. 창호는 엎어진 기수를 바로 눕히며 오들오들 떨고 있는 숙자에게 숨차게 뇌까렸다.

"아무 것도 아냐! 내일은 우리가 이긴다!"

기수의 숨은 끊어져 있었다. 달빛이 기수를 일으키려는 다섯 사람의 형체를 하얗게 바래어 주고 있었고 구름이 느리게 흐르고 있었다.

기수는 죽어가면서 비로소 자유를 느낀다. 그것은 바로 행동 속에서 진정한 자유를 느낀다는 말이 될 것이다. 그는 죽어가면서도 그 자유에 대한 희망을 잃지 않고 있다.

「천사」의 '그' 또한 행동적인 인물이다. 「천사」에서 '그'는 밀수꾼이다. '그'는 패거리와 함께 비바람이 치는 밤중에 해안으로 나가 밀수품을 넘겨받아 오는 도중, 다른 패거리의 습격을 받는다. 정보가 샌 것이다. 그러나 '그'는 다른 패거리와 싸워 물건을 도로 찾는다.

그들은 길가 도랑에 뛰어들어 살금살금 고양이처럼 빠르게 육박해 갔다. 그리고 안심하고 세 악당을 묶고 있는 세 괴물을 습격했다. 권총 손잡이로 닥치는 대로 내리찍었다. 두 번 때릴 것도 없이 세 괴물은 쓰러졌다.

"시시하군."

기수가 얼굴의 빗물을 훔치며 뇌까렸다. 그는 목을 끄떡했다. 참말 시시한 싸움이었다. 권총이 아니고 주먹으로 싸웠다면 아직 결말이 나지 않았을 것이다. 그랬다면 수 부족으로 졌을 지도 모르는 일이었다. 그러나 싸움이, 때리고 맞는 쾌감이, 그리고 승패에 대한 감정이 명확하게 체험될 것이었다.

「몽몽춘추록」의 민수 할아버지는 독립운동을 하는 아들 김창구를 잡으러 온 일본 헌병들에게 끝까지 저항하다 결국 조선인 헌병 중위에게 머리를 맞아 숨을 거둔다.

외양간, 변소, 광안, 마루 밑…. 어디 한 곳 수색하지 않는 곳이 없었다. 반항을 하면 쏘아버릴 듯이 권총을 손에 들고 있었다.

"없습니다."

중위가 대위에게 보고했다.

"한발 늦었구나!"

대위가 중얼거렸다. 중위가 할아버지를 쏘아봤다.

"언제 떠났어?"

"내 아들은 집에 온 일이 없소!"

할아버지는 머뭇거리지 않고 대꾸했다. 중위는 입술을 깨물었다. 관자놀이가 불끈 솟아 보였다.

"할 수 없지. 뒷일은 경찰에 넘기고 돌아가자!"

대위가 말했다. 중위가 목을 갸웃했다.

"다나까 대위님! 여간 불온한 집안이 아닌 것 같습니다. 저 손자새낀지 막내아들인지 하는 놈을 끌고 가면 어떻겠습니까? 저 놈을 인질로 해서 김창구를 자수하게 하면요!"

중위의 말에 대위는 대꾸하지 않았다. 아니 대꾸할 여유도 주지 않고 할

아버지는 호통을 쳤다.

"이놈! 이 발칙한 놈, 너는 조선 사람이 아니냐? 하늘이 부끄럽지 않으…."

할아버지는 말을 채 맺지 못하고 쿵 소리를 내며 쓰러졌다. 중위가 권총으로 할아버지의 머리를 갈긴 것이다.

할아버지는 죽음을 통하여 부당한 현실에 저항하고 있다. 죽음도 두려워하지 않는 현실 저항의 정신은 윤정규 소설의 행동주의적 특성이다.

「잊혀진 소년」에서 소년은 아버지가 월남전에 가 전사하는 바람에 사생아로 태어났다. 그의 어머니는 선술집을 열고 몸을 팔며 생계를 꾸려나간다. 소년은 어린 나이에 밤마다 어머니를 찾아오는 어른들의 행태를 보며 술을 마시고 자전거를 훔치고 싸움을 하는 등 오기로 세상을 살아간다. 소년에게 이 세상은 자신을 억압하는 대상일 뿐이다. 그는 그 세상을 섬뜩하게 냉소하고 있다. 그리고 마침내 소년은 읍내를 떠나버린다.

나는 또 한번 등골에 으스스한 전율을 느꼈다. 녀석은 잠깐 동안 날 쳐다보고 있더니 몸을 획 돌려 건물 모퉁이 뒤로 몸을 숨겼다. 순간 나는 녀석이 겁을 먹고 도망쳤구나 생각했다. 그러나 그게 아니었다. 녀석이 낮에 훔친 자전거를 끌고 다시 나타난 것이다.

(…)

헌데 녀석은 내 속까지 알고 있었던 것처럼 냉랭한 어조로 내뱉는 것이었다.

"나 이 자전거 타고 떠날깁니더. 순경한테 일라 줄라거든 일라 주이소. 감옥소 가는 것도 싫지 않으이께네…. 알았능교?"

녀석은 자전거에 휙 올라타더니 순식간에 내 시야에서 멀어져 갔다. 그리곤 그 녀석은 다시 우리 읍내에 나타나지 않았다. 물론 녀석이 사라져버린 사실이나 다시 보이지 않는 데 대해 관심을 가지는 사람도 없었다. 그리고 잊혀 버린 것이다.

어린 소년이 벌써 감옥소를 겁내지 않고 있다는 것은 그가 얼마나 이 세상에 대한 오기와 증오로 뭉쳐 있는가 하는 것을 보여준다. 그가 읍내를 떠나버리는 것은 결국 자신을 억압하는 세계에 대한 나름대로의 저항의 행동이라고 해석할 수도 있겠다.

「신양반전」의 창균은 어떤가. 자신의 아들이 더러운 일제 앞잡이 상기의 아들로부터 도움을 받아 출세를 꿈꾸고 있다는 사실을 알고 그는 분노한다. 그러나 그 아들은 오히려 창균에게 현실을 인정하라고 설득하려 든다. 심지어 진실을 지켜온 대가가 무엇이냐며 따져 묻고 현실에서 진실을 지키는 것은 바보스러울 뿐이라고 매도한다.

"아버지 뜻은 충분히 이해합니다. 그렇지만 그래 가지곤, 언제나 쫓기고 밟히게 될 뿐이에요. 전 그렇게는 살지 않으렵니다. 전 제 길을 가겠습니다. 그게 잘못된 길이건 진실한 길이 아니건 관계 않겠습니다. 절 내버려 두십시오."

창균은 아들의 얼굴을 안 보려고 고개를 숙이며 퇴폐한 시대가 낳은 한 청년의 얘기를 계속 듣고 있었다. 진호는 계속 뇌까렸다.

"생각해 보십시오. 아버님이 오십 평생 지켜 오신 진실이 무슨 소용이었나를…. 아버진 잘 아실 거예요. 진실이 받는 대접이 어떤가를…. 사람들은 아버질 바보라고 할지도 모르죠. 그래 아버지가 얻고 쌓아둔 것이 뭐예요? 무슨 일을 했다고 할 수 있어요? 뭘 했어요? 예?"

"닥쳐!"

창균은 벌떡 일어서며 소리쳤다. 술잔이 뒤엎어질 만큼 큰 소리였다. 진호의 얼굴이 백짓장처럼 질려 있었다. 그의 입술은 남빛이었다. 그는 그렇게 노한 아버지를 여태 한번도 본 일이 없었다. 창균은 격노로 전신을 부들부들 떨면서 그러나 목소리만은 한결 갈앉아 있었다.

"나도 참을 만큼 참았다. 그러나 그런 소릴 한번만 더 하면 죽여 버릴 테다. 절대로 용서 못해. 알겠나? 나는 나 자신이나 겨레를 위해 아무 일도 못한 사람이야. 그러나 남을 해치진 않았어. 내가 하늘을 우러러 부끄럽지 않은 것은 그 때문이다. 이제 얘긴 끝났다. 넌 아버지가 없는 고아라고 생각하면 되고 난 아들이 죽었다고 생각하면 되는 거다. 이게 마지막 대면이니라."

창균은 이 말을 마지막으로 아들과 헤어졌다. 영영 이별한 것이다. 그로부터 이틀 후 창균은 지기미재의 계곡에서 시체로 발견되었다. 그가 어떻게 해서 지기미재에서 변을 당했으며, 자살인지 혹은 실수로 그렇게 되었는지 아는 사람이 아무도 없었다.

자신의 아들마저 자신이 평생 지켜온 진실을 배신해버린 현실에서 창규은 절망하고 분노한다. 그러나 그는 그 현실을 받아들일 수가 없다. 그는 아들과 절교를 선언하고 그리고 비록 암시적이지만 자살을 선택한다. 그는 부당한 현실, 진실을 외면하는 현실을 그대로 둘 수가 없다. 그러나 자신의 힘과 물리력으로는 어쩔 수가 없다. 그래도 그는 그대로 주저앉을 수가 없다. 그래서 자살이라는 선택을 하게 된 것이다. 결국 그의 자살은 간접적으로 현실에 저항하는 행위인 것이다.

이처럼 윤정규의 인물들은 어떤 절망적인 상황에 처해 있더라도 결코 순순히 그 상황을 있는 그대로 받아들이는 법이 없다. 상황과 화해하는 법도 없고 절망으로 인해 자기내면으로 숨어들지도 않는다. 그들은 그 상황과 당당히 맞서서 행동한다. 죽어가면서도 혹은 죽을 것을 알면서도 도대체 그 오기를 거두는 법이 없다.

인물들의 이런 면모를 보고 있노라면 절로 그 작가인 윤정규의 평소 모습이 떠올라서 입가에 미소를 머금게 된다. 불의라고 생각되는 대상에 대해서는 꼬장꼬장하게 따져 묻고 지나치다 싶을 정도로 면박을 주고 결코 조금이라도 용납하려 들지 않던 평상시 윤정규의 그 고집스러움이 고스란히 작품 속의 인물들에 전이되어 있기 때문이다.

이러한 고집스러움은 그의 마지막 작품인 「얼굴 없는 전쟁」에서도 예외가 아니다. 이 작품에서 김덕중 노인은 가족을 뺑소니 사고로 잃고 실의 끝에 거대 폭력조직에 들어간다. 그러나 음모에 의해 그들에게 쫓기는 몸이 된 특수부대 출신의 박학수를 만나면서 삶의 의욕을 되찾고 박학수의 싸움을 대신 맡고 나선다. 그리고 그는 노인 특유의 축적

된 역량과 지혜로 그 싸움을 치밀하게 계획하고 주도적으로 수행한다. 박학수보다 오히려 그가 적극적으로 행동하고 있다. 그리고 자기 자신을 박학수로 분장하여 대신 죽기로 결심한다. 자기를 희생하여 박학수를 살려낼 계획을 꾸미는 것이다.

이러한 행동주의 특성 뒤에는 윤정규 특유의 낙관주의가 숨어 있다. 윤정규의 인물들은 아무리 절망적인 상황 속에서도 쉽사리 좌절하지 않는다.

「축생도」의 주인공 노파도 마찬가지다. 노파는 장사도 되지 않는 선술집을 운영하면서 음식 재료를 대주는 사람들이 외상값을 받으러 오는 것을 두려워하고 있다. 재료비도 제때 낼 수 없는 절망적인 상황이다.

"제발 오늘만… 그러나!"

노파는 머리를 가로저었다. 도대체 가능하지 않은 바람이 아니냐?

아들이 노파를 올려보고 고개를 갸우뚱거린다.

"아무튼 받아야 하는 시달림일진대…."

눈을 감는다. 목을 휘감는 손이 있는 것 같다. 눈을 뜬다.

"그래! 어서 밤이나 새거라. 그리고 어서들 다녀가거라. 우동 장사도 술장사도 모두들 욕이나 실컨 퍼부으렴."

마음을 가다듬는다. 무엇과 대결장에 나서는 때처럼 안간힘을 써가며 약해져 가는 마음을 도사려 본다.

"그렇지! 틀림없이 내일은 잘 팔릴 거야. 어떻게 되더라도 오늘보다야 나을 테니.”

닥쳐올 공포스런 일들이 유도해 내는 서글픈 자위요 의식일지 모르지만 한결 생기가 돌아나는 노파의 얼굴이다.

“그래! 오늘만 참자. 내일은 오늘보다 나을 테고 참고 보내자. 오늘 하루만….”

노파는 아들의 머리에 손을 놓는다. 연달아 노파의 눈자위에 졸음이 깝쳐진다.

그래! 어서 가거라. 이 어두운 밤아!

큰아들과 작은아들은 경제적 능력이 전혀 없는 인물들이고 혼자서 선술집 운영으로 그들을 먹여 살리는 노파는 절망한다. 그러나 노파는 절망 속에서 좌절하고 있지만은 않다. 노파는 희망을 잃지 않으려 스스로를 독려하고 내일에 대한 막연한 희망으로 스스로를 추스른다.

「월야」의 기수는 죽어가면서도 “일어서자! 그때처럼 땅을 디디고 서자! 땅을!” 이라고 말한다. 그리고 그는 우뚝 일어선 자기를 느낀다. 창호도 죽어가는 기수를 안고 내일은 이길 것이라고 말한다.

「얼굴 없는 전쟁」의 김덕중 노인도 자기의 계획이 성공하리라고 확신하고 있다.

김덕중 노인은 이 계획은 절대 실패하지 않을 것이라 확신하며 자기 얼굴에 분장을 시작했다. 신이 내린 손은 조금씩 제 궤도를 찾은 듯 섬세하게 움직이기 시작해서 마음은 더없이 평온해졌다. 평온한 마음속에 한평생 느껴보지 못했던 뜨거운 희열이 눈물처럼 맺혔다가 전신을 스쳐갔다.

이러한 낙관주의는 어떠한 혹독한 상황 속에서도 살아남는 민중의 잡초 같은 생명력 속에 자리 잡고 있다.

지금까지 간략하게나마 윤정규 소설의 특성을 사회비판 의식, 역사의식, 민중주의적 특성, 행동주의적 특성 등으로 정리하여보았다. 그의 작품을 다시 읽으며 윤정규의 생전 모습이 작품 속에 겹쳐져 새삼 그가 그리워진다.

소설가 윤정규는 부산문단에서 윤 두목으로 통했다. '두목'이라는 어휘가 가진 부정적인 어감은 소설가 윤정규를 지칭할 때는 깨끗이 사라진다. 대신에 푸근하고 넉넉하고 친근한 뉘앙스로 다가온다. 그는 확실히 보스적인 기질을 가진 사람이다. 그러나 그는 전근대적인 '군림'하는 보스가 아니라 모든 사람을 껴안을 수 있는 가슴이 넓은 현대형의 보스이다.

윤정규는 부산에서 가장 연조가 오래된 작가이다. 말하자면 부산문단의 원로에 속한다. 그만한 필력이면 문단에서 권위를 부려봄직도 하건만 그는 그것과는 거리가 멀다. 언제나 허연 백발 위에 캡 모자를 눌러 쓴 차림인 그는, 술좌석에서 그 지독한 경상도 사투리로 좌중을 휘어잡지만 결코 좌중 위에 군림하지는 않았다. 그는 한참 젊은 후배들과 스스럼없이 어울리기를 좋아했으며, 말을 꾸며 할 줄도 모르고 늘 자신의 생각을 털털하고 솔직하게 털어놓았다. 그것이 후배들 또한 그와 술 마시기를 좋아하는 이유일 것이다. 그리고 그는 후배들을 곰살맞게 챙겨주기를 좋아하기도 했다. 그는 가슴이 참으로 푸근하고 따뜻한 사람이었다.

사실 윤정규는 군림하는 것 자체를 지극히 혐오하는 사람이었다. 그가 40여 년 동안 소설로써 싸워온 상대가 바로 그 '군림한다'는 것이었다. 그의 초기 작품인 「오욕의 강물」, 「장렬한 화염」, 「신양반전」 등에서 그는 우리 사회의 정치적, 경제적 군림에 대한 통렬한 비판과 저항의 정신을 보여주었다. 그리고 이후 윤정규의 작품은 그러한 정신으로 일관되고 있으며 또한 그것이 그의 작품세계의 빛나는 색깔이 되었다.

윤정규의 이러한 현실 비판과 저항의 정신은 부산문단의 정신적 지주였던 요산 김정한 선생과 불가분의 관계가 있다. 흔히 윤정규는 요산 선생의 직계로 불린다. 못 말리는 반골 기질과 우직한 그의 소설 문체가 요산의 그것과 빼닮기도 했지만, 실생활에 있어서도 그는 요산 선생의 친자식과 진배없었다. 요산 선생은 생전에 한밤중이고 새벽이고 할 것 없이 아쉬운 일만 생기면 그를 불러대었다. 그러면 그는 득달같이 달려가 요산의 잡다한 일들을 챙겨주곤 했다. 두 사람의 관계는 겉으로 보면 퉁명스럽기 그지없었다. 요산은 윤정규가 한 일에 대해서는 못마땅하다는 듯 핀잔만 주고, 윤정규도 그런 요산 선생에 대해 어깃장 놓는 소릴 툭툭 던진다. 그러나 알 사람은 다 안다. 그 둘 사이에 얼마만 한 신뢰와 애정이 서려 있는가를.

내가 아는 자연인 윤정규는 이제 양산의 삼덕 공원에 누워 있다. 우리는 거기에 그를 묻고 돌아왔다. 그러나 작가 윤정규는 그의 작품과 함께 아직도 우리 가슴에 살아 있다. 우리는 그가 즐겨 찾던 술집에서, 그가 어김없이 참석하던 문학 행사에서 문득 문득 그를 다시 만날 것이다. 그리고 살아가면서 누군가에게 기대고 싶을 때 그의 목소리를 그리워할 것이다.

박종관의 소설 세계

작가 박종관은 결코 세련되어 보이지 않는다. 그렇다는 것은 그의 작품만을 일컫는 것이 아니라, 그의 외모와 평소의 행동을 두고도 하는 소리이다. 그는 큰 키에 약간 구부정한 어깨를 하고 황소처럼 큰 눈을 꿈벅이며 늘 웃는 낯을 하고 있다. 거기다 그는 고향인 충청도 사투리를 다소 어눌하게 하는 편이다. 영판 시골의 토종 한우를 연상시킬 만큼 촌스럽고 우직한 인상을 준다.

그러나 이 소 같은 '촌스러움'과 '우직함'이야말로 작가 박종관의 작품세계를 가장 잘 요약해주는 특성일지도 모른다. 그의 작품들은 도회적 세련미와는 거리가 멀다. 우선 배경이나 소재 자체가 도회지적인 것이 거의 없다. 그의 작품들의 무대는 주로 산골 오지거나(「길은 살아 있다」, 「바위 얼굴」), 수몰 지구에 들어간 농촌이거나(「휜둥이」, 「영산홍」), 돼지 농장을 차린 산골이거나(「나는 돼지가 무섭다」), 공단에 의해 폐촌이

된 마을(「황금가면」, 「피자 나라」) 등이다. 그는 그런 촌에서 살아가는 민초들의 삶을 우직하고 고집스럽게 그려내고 있다. 박종관 소설의 가장 큰 미덕은 바로 여기에 있을 것이다.

작가 박종관은 주제를 감추기 위하여 이야기를 비비 꼬거나 변죽을 울리거나 복잡한 장치를 설치하지 않는다. 대신에 주제의 핵심을 곧바로 충격해 들어가는 아주 솔직하고 담대한 정공법을 택한다. 세련되지 않은지는 몰라도, 그의 정공법에는 깊숙한 내공의 힘이 실려 있다. 루오의 그림처럼 그의 붓 터치는 거칠지만 힘이 있어 보인다. 그 힘은 주제의 선명성으로 나타난다. 이처럼 그의 정공법은 모호성보다 선명성을 추구하는 리얼리즘 정신에 충실하다.

그의 작품의 인물들은 대체로 역사나 시대의 흐름 속에서 내몰리고 내팽개쳐진 변두리 인생들이다. 6 · 25의 와중에 두 아들이 적이 되어 서로 싸우다가 죽어가는 것을 지켜봐야 했던 아버지와 전교조 활동을 하다가 해직된 교사(「바위 얼굴」), 북에 두고 온 가족들을 한평생 가슴에 묻고 살다 세상을 떠난 문 영감(「겨울 역사」), 수몰 지구에서 희망 없는 삶을 살아가는 농민들(「휜둥이」, 「영산홍」), 아이엠에프 때 해직되어 노숙자가 된 '나'와 공해로 버려진 마을에서 유령처럼 살아가는 자매(「피자 나라」), 공장 노동자에서 유부남인 치과의사의 여자로 타락해가는 여자(「황금 가면」), 이 시대를 살아가는 잡놈들로 이 사회에 편입되어간 어린 시절의 친구들(「길은 살아 있다」)….

박종관은 이들 변두리 인생들의 삶을 삶 그 자체만 보지 않고 역사와 시대와의 상관성 속에서 살피고 있다. 그의 시선은 인물들이 입고 있는 불행의 외피를 지나 그 속에 내포된 불행의 근원을 꿰뚫고자 한다. 그리하여 인물들이 입고 있는 다양한 모습의 외피가 실은 하나의 근원에서 출발하고 있다는 인식에 도달하고 있는지도 모른다. 그것은 욕망과 폭력성에 결구된 세상의, 혹은 인간성의 구조적 모순일 것이다.

그래서 그는 「바위 얼굴」에서, 두 형제가 서로 적이 되어 싸우다 죽게 만든 6 · 25의 현실이 교육 민주화를 부르짖는 교사를 해직시키는 90년대의 현실과 꼭 같은 폭력적 구조에서 나오고 있다는 인식을, 이 시대를 뛰어넘는 두 사건을 병치함으로써 보여주고 있다.

(A) 대한민국 만세 하면 반동 새끼라고 죽였고, 인민공화국 만세 하면 빨갱이 새끼라면서 총을 쏘았지. 목숨은 하나였는데 숱하게 죽었어. 그럴 때마다 사람들은 덕수바위를 이구동성으로 입에 올렸지. 사상이란 무언가. 그게 피보다 진하고 사람보다 중요하다는 건 아집이야.

(B) 매일의 신문지상도 허상들이 모여 국민을 볼모로 손을 잡았다가 그것을 위한다는 명분으로 등을 돌리는 해괴한 짓을 지겹도록 보여 주었다. 여야 공조(共助), 5공 청산, 광주문제 해결, 보통 사람의 시대를 내세워 드러났던 실상을 감추는 해괴한 경쟁도 목불인견이었다. 사람들은 불안한 눈빛으로 절망하다가 환장을 한듯 도전하기 시작했다. 경찰이 두들겨 맞았다. 선생이 오랏줄에 묶여서 몰매를 맞다가 머리를 깍인다. 경찰서, 학교, 정당, 교회, 공장, 거리가 점거 당하고 불탄다. 지도자라고 나선 자들의 초라한 실상을 보아 버린 사람들은 허상들의 해괴한 짓이 계속될수록

미쳐갔다.

이 작품에서 영호와 영호 할아버지를 통해서 병치되어 나타나는 (A)와 (B)의 두 현실은 시대 간격에도 불구하고 닮은꼴이라는 게 작가의 현실인식의 모습이다. 이러한 욕망과 폭력의 현실은 또한 화려한 자본주의의 가면 뒤에 숨어 있는 어두운 얼굴로 나타나기도 하고(「황금가면」), 역동적 산업사회의 굴뚝과 하수구에서 뿜어져 나와 어린 생명을 서서히 죽이는 무서운 공해물질의 냉혹성으로 나타나기도 한다(「피자나라」). 또한 그것은 수몰되는 고향을 두고 희망도 계획도 없이 떠나가야 하는 막막함으로(「흰둥이」), "뼈 빠지게 일해도 빚만 느는" 농촌의 현실로(「영산홍」) 모습을 바꾸기도 한다.

이러한 현실은 늘 삶의 진정성을 훼손하고 타락시키는 것으로 나타난다. 박종관의 주인공들은 늘 그 현실에 목숨을 잃고 상처받고 속고 쫓겨난다. 이러한 주인공들의 비극적인 모습을 통해 그는 현실에 대한 통렬한 비판을 가한다. 그래서 그의 현실 비판이라는 주제의식은 아주 강고하고 힘차게 드러나는 것이다. 때로는 그 강고함에 몰두하여 종종 서사의 구조가 화자의 발화를 따라잡지 못하는 측면이 나타날 지경이다. 이런 강한 주제의식은 박종관의 작품세계의 가장 밝은 정채(精彩)라고 할 수 있을 것이다.

작가 박종관은 현실의 욕망과 폭력성이 어떻게 주인공들을 진정성의 세계로부터 추방하는가에 대한 소설적 관심을 일관되게 보여주고 있다. 그것은 그의 대부분의 작품에 나타나는 실향의식을 통해서도 확인할 수가 있다. 그가 의식하고 있든 없든 간에 그의 작품에는 실향의 모티브가 꾸준하게 나타나는데 이것은 박종관이라는 작가의 세계를 엿볼 수 있는 하나의 창이 될 것으로 생각된다.

그는 이미 등단작인 「흰둥이」에서부터 실향의 모티브를 보여준 바 있다. 주인공 태부가 사는 마을은 전형적인 산골 마을이다. 그러나 아래 골짜기에 댐이 생기면서 수몰지구가 돼버리고 마을 사람들은 모두 고향을 버리고 뿔뿔이 흩어져 이주해야 할 판이다. 쥐꼬리만 한 보상비는 벌써 빚 갚음으로 날아가 버린 지 오래이다. 그들의 앞에는 빈주먹으로 시작해야 할 팍팍한 객지 생활이 기다리고 있을 뿐이다.

「영산홍」의 박춘식도 마찬가지이다. 그는 얼마 되지 않는 수몰지구 보상비를 고추 파동으로 다 날려버리고 그만 농약을 마시고 자살하고 만다. 자살이라는 형태를 취하고 있지만 그것 또한 실향의 다른 표현일 것이다.

주인공의 고향은 아니지만, 실향의 모티브가 잘 나타나 있는 작품으로는 「피자의 나라」를 들 수 있다. 이 작품의 배경을 이루는 "이진(梨津)은 공해지역 이주사업으로 원주민들이 쫓기듯 떠나간 마을이었다. 갖가지 공해로 악명 높은 울산 석유화학공단 내에서도 가장 안쪽의 바닷가에 버려진" 마을이다. 아무도 살지 않는 유령의 마을은 수몰 예정의 마을처럼 실향의 이미지를 품고 있다.

그의 실향의식이 가장 잘 드러난 작품은 「겨울 역사」일 것이다. 휴전선에 가장 가까운 역인 북포에는 고향을 북에 두고 온 실향민들이 모여 산다. 이제는 언제 죽을지 모를 노인이 되어버린 이산 1세대들은 어떻게 해서든지 북의 가족들과 연락을 취하고자 하고 실제로 중국에서 만나보기도 하지만 그것은 새로운 이산의 아픔이 된다.

박종관의 자전적인 요소가 강해 보이는 중편 「길은 살아 있다」에도 실향의 이미지가 가득하다. 고향과 고향 사람들의 이야기임에도 불구하고 주인공 준웅은 심리적으로 점차 고향과 멀어지고 있다. 고향친구들의 이야기를 통해서 고향이라는 공동체가 와해되어가는 과정을 보여준다.

실향이란 고향으로부터의 추방이며, 끝없는 유랑의 시작을 의미한다. 루카치는 "소설이란 에덴으로부터 추방된 인간이 끊임없이 그곳으로 돌아가고자 하는 덧없는 시도의 기록"이라고 했던가. 그런 의미에 있어서 박종관의 소설은 가장 루카치적인지도 모른다. 그의 소설은 그 잃어버린 고향을 회복하기 위한 부단한 시도의 기록이기도 하기 때문이다. 그러나 여기서 말하는 고향은 물리적인 것이 아니다. 그것은 삶의 진정성이 오롯하게 살아 있는 공간이며 훨씬 더 인식적인 것이다.

박종관의 인물들은 유랑의 길 위에 있으며, 정착을 꿈꾸지만 그것은 쉽게 획득될 것 같지 않다. 「피자의 나라」가 그 점을 가장 상징적으로 잘 보여주고 있다. 사람들이 모두 떠나버린 유령의 마을에서 오갈 데 없는 노숙자인 '나'가 거기서 만난 남매 아이와 할머니와 의사(疑事) 가족을 이룬다는 설정은 그 정착의 꿈이 고향의 회복을 상징하지만, 그 꿈은 곧 허무하게 무너진다. 남자아이는 공해병에 걸려 죽어가고 있는 중이기 때문이다.

이러한 실향의식을 통해 박종관은 유랑의 길 위에서 아파하는 민초들의 삶의 모습을 강렬하게 제시해 보인다. 그것은 박종관의 민중에 대한 깊은 연민의 표현이기도 하고 폭력적 현실에 대한 분노의 표시이기도 하다. 그러나 박종관은 연민과 분노에만 머물지 않고 있다. 그는 절망적인 상황에서도 인간에 대한, 삶에 대한 믿음의 끈을 끝까지 쥐고 있다. 그의 작품의 말미에는 그가 조심스럽게 쥐고 있는 그 믿음의 끈이 보인다.

산다는 건 참으로 무서운 것이다. 나는 다만 이렇게 중얼거리는 나 자신을 느꼈을 뿐이었다. 그러자 참으로 엄청난 피로와 수마가 한꺼번에 몰려들었다. 그리하여 나는 실직한 이후 처음으로 치자 빛 노을처럼 황홀한 잠의 세계로 깊숙이 빠져들 수 있었다. 모든 것이 폐허 속에 고스란히 남아 있는 이진에서.

-「피자의 나라」 중에서

문학수 씨는 먹먹해지는 심정으로 눈에 덮이는 철길을 바라보았다. 뜨거운 몸으로 밤마다 보채며 눈물을 흘리던 아내의 모습이 검은 침묵처럼 일어선다. 탄가루는 문학수 씨의 모든 것을 앗아갔다. 문학수 씨는 청소도구를 벽에 기대어 놓고 두 아이의 손을 잡았다.

"가자. 오늘은 내 우동을 사 줄 것이니."

건너 편 철길에는 벌써 역등이 들어와 깜빡거린다.

-「겨울 역사」 중에서

> 버스가 속도를 줄이는 기척이더니 차창이 어두워진다. 터널이었다. 준웅은 시선을 돌려 앞을 보았다. 터널의 끝이 보였다. 캄캄해진 차안에 앉아 있는 준웅의 시야에서 터널의 끝이 한 맺힌 초승달처럼 하얗게 빛을 토한다.
>
> -「길은 살아 있다」 중에서

이 부분은 작가 박종관의 웃는 낯을 생각나게 한다. 그의 웃음 속에 묻어나는 따뜻한 인간미가 이러한 말미를 형상하였으리라.

그를 소처럼 우직한 작가라고 하였지만, 그것은 주제를 충격해가는 그의 자세를 일컫는 것이었을 뿐, 기법적인 면을 살펴보면 그에게는 말처럼 민첩한 데도 있다. 그는 주제를 효과적으로 드러내기 위해 소도구의 상징성을 적절하게 잘 구사하는 장기가 있기 때문이다.

「흰둥이」는 흰둥이를 통해 몇 십 년을 애지중지하던 개를 결국 돈 몇 푼에 사냥감으로 주어버리는 인간의 영악함과 천박함을 상징적으로 잘 보여주고 있으며, 또한 그렇게 할 수밖에 없는 처지에 빠진 농민의 비극성을 극대화하여 드러낸다.

「영산홍」의 영산홍 또한 예외가 아니다.

> 무리를 지어 살되, 자기가 속한 세계의 중심부에는 단 한 번도 들어가 보지 못한 채 험한 바위 틈새의 변두리로만 내몰려 뿌리를 내리기에도 벅찬 삶을 참으로 안간힘을 다해 살아온 이들. 그래서 역설적이게도 영산홍의 뿌리는 거센 강여울 속의 차돌처럼 단단하고 척박한 토양을 헤집으며 악

착같이 뻗어 나아간 탓으로 참으로 모질게 뒤틀려 있는 거였다.

-「영산홍」 중에서

너무 논평적이어서 의도가 쉽게 들여다보이는 것이 흠이지만, 이 영산홍의 이미지는 박춘식 씨의 가족들의 삶과 쉽게 오버랩된다. 그리하여 박춘식 가족의 그 신산스런 삶의 모습과 비극성을 효과적으로 형상화하는 것이다.

이처럼 소도구를 통하여 의미를 보다 극대화하고 다양화시키는 그의 기법은 이외에도 「피자의 나라」의 피자, 「바위 얼굴」의 바위 얼굴, 「나는 돼지가 무섭다」의 돼지, 「황금 가면」의 쫄쫄이 바지 등에서 그 풍부한 상징성을 노정하고 있다. 이러한 소도구의 상징성을 찾아가는 작업도 그의 소설을 읽는 또 다른 재미가 될 것이다.

박종관의 앞으로의 소설 작업의 방향을 예지케 하는 작품으로 「피자의 나라」, 「황금 가면」, 「나는 돼지가 무섭다」를 들고 싶다. 이 세 작품에는 공통적으로, 다른 작품에 나타나지 않는 특질이 나타나 있다.

우선 구성이 매우 긴밀해져 있다는 점을 들 수 있겠다. 그리고 현실과 자아, 가진 자와 못 가진 자, 가해자와 피해자의 이분법이 극명하게 노출되어 있는 타 작품에 비해 이 점이 현저하게 약화되어서, 양자의 욕망이 서로 넘나들고 있음을 볼 수 있다. 물론 이 작품에도 자본주의적 욕망을 상징하는 인물과 그것을 지배를 받는 인물이 대립적으로 설정되어 있긴 하지만, 양자는 서로의 욕망을 주고받는 관계로 나타난다. 일방적으로 어느 한쪽이 욕망의 대상이 되는 설정을 벗어나고 있다는 것이다. 상대방은 서로에게 욕망의 대상이 되기도 하고 중개자가 되기도 한다.

예를 들어, 「황금 가면」에서 순진한 공장 노동자였던 화자인 '나'는 치과의사의 성적 노리개가 되지만, 그를 통해 자본주의적 욕망을 배운다. 「나는 돼지가 무섭다」에서도 이런 이중적인 설정이 나타난다. 미련 곰탱이 같던 아내는 사슴농장 여주인을 통해 물질에 대한 욕망을 배운다. 그리하여 "남편의 몸을 팔 생각을 했을 거였다." 아내와 사슴농장 여주인의 욕망 사이에서 학구는 돼지처럼 사육되고 있는 자기 자신을 발견하게 되는 것이다. 이 얼마나 유쾌하고 재미있는 반전인가. 우리는 여기서 김유정류의 해학성을 발견하게 된다.

이러한 욕망의 삼각관계는 작품의 울림을 보다 깊게 해주고 그 의미의 스펙트럼을 보다 확장시켜준다. 또한 이것은 자본주의의 다층적 속성을 드러내기에 보다 용이한 수단일 수도 있을 것이며, 현실적 감각을 보다 리얼하게 전달할 수 있을 것이다. 강렬한 메시지의 전달도 중요하지만, 이러한 의미의 풍부성을 획득해나가는 것이 박종관 작가의 특장을 살려나가는 하나의 길이 될 수 있겠다는 생각이다.